# 지금이 금金이다

- 경북대학교 수의과대학 졸업
- ROTC #5 군필(포병장교)
- 경북도, 대구광역시, 농정과장 역임
- 부이사관 퇴임

- 《한국수필》 신인상 등단
- 에세이 아카데미 회원
- 10인 수필집 『기억 저편』 공저

**이무웅**
- lmw00727@daum.net

# 지금이 금金이다

**초판 발행** ㅣ 2023년 9월 5일

**지은이** ㅣ 이무웅
**펴낸이** ㅣ 신중현
**펴낸곳** ㅣ 도서출판학이사

출판등록 : 제25100-2005-28호
주소 : 대구광역시 달서구 문화회관11안길 22-1(장동)
전화 : (053) 554~3431, 3432
팩스 : (053) 554~3433
홈페이지 : http:// www.학이사.kr
전자우편 : hes3431@naver.com

ISBN _ 979-11-5854-441-6  03810

# 지금이 곰이다

이무웅 수필집

學而思 | 학이사

# 인생 후반기의 행운

여든이 넘은 노인이 병원 진료 중에 막둥이를 보게 됐다고 자랑을 하자 원장이 말하기를,

"누가 손가락을 호랑이에게 겨누어 '탕' 소리를 내자 호랑이가 기절해 죽더라." 라는 비유를 들었다고 한다. 불가능함을 얘기하는 것이리라.

오랜 세월을 공무원으로 살아왔다. 퇴직 후 그간의 좁고 편협한 시각으로부터 조금이나마 주변으로 눈을 돌리게 된 것은 전적으로 수필을 만나고부터였다. 수필은 나를 응시하게 하였다. 거리를 두고 나를 들여다보게 하였고 세월이 남긴 상처를 보듬어 주었다. 나는 오랜 방황에서 돌아온 탕아처럼 밤늦게까지 컴퓨터 앞에 앉아있기를 즐겼다. 행복했다.

늦은 나이에 내 이름으로 된 수필집을 내게 된 것은 기적이다. 돋보기를 끼고 독수리 타법으로 문자판을 두들겨가며 한 자 한

자 단어를 모은 글들이 활자화되어 세상 빛을 보게 되었다니 만감이 교차한다. 기억도 가물가물하고 난청 장애까지 있는 내가 책을 내게 되다니 스스로가 믿어지지 않는다. 부끄럽고 민망하다.

小珍 박기옥 선생님의 가르침이 컸다. 선생님은 나의 인생 후반기의 행운이었다. 하찮은 생각에도 귀 기울여 주시는 한편 나의 게으름을 채찍질하셨다. 함께 공부한 문우들도 나의 귀한 자산이었다. 오늘의 기쁨을 함께 나누고 싶다. 세상 끝까지 나의 지원군이 되어 줄 가족이 있어 든든했다.

2023년 여름에
이무웅

■ 차례

# 1부. 정글의 법칙

## 3부. 지금이 금金이다

## 4부. 다람쥐와 건망증

1부

# 정글의 법칙

# 밥

"엄마! 오후에 정수기가 올 낍니더!"

"뭐라꼬? 정숙이가 온다꼬? 신랑하고 같이 온다 카드나? 야야, 며늘아! 빨리 쌀 당가라."

얼마 전부터 부모님께서 사시던 아파트의 수질이 좋지 않다는 걱정이 있어 소형 정수기를 놓아 드리려고 남동생이 무슨 상사에 택배 신청 후, 전화를 드렸나 보다.

서울에 사시던 고모님의 딸 정숙이는 인사성 밝고 참해서 집안 식구들이 모두 귀여워했다. 은행 본점에 같이 근무하던 지금의 신랑과 결혼하여 서울 근교에 살고 있는데, 아버님 계실 때는 대구 범어동에도 자주 오곤 했다.

"에미야! 찹쌀 한 줌 넣어서, 쌀 넉넉히 당가라! 호박 잎사구도 좀 씻어 놓고, 시아부지도 곧 오실 끼다."

정숙이뿐만 아니라 아직도 귀한 손님은 신앙처럼 손수 더운밥을 지어 먹여야 옳은 대접을 한 것으로 여기시는 어머니는 더러 하나뿐인 사위 노 서방도 귀히 여겨 집에만 들르면 쌀부터 물에 담그셨다. 딸이 서울 왕복 차표를 끊어놔서 빨리 가야 한다고 설명을 해도 막무가내였다. 장모님의 뜻을 거스를 수 없어 뜸이 덜 든 뜨거운 밥을 급히 먹다 귀한 사위 입천장 벗긴 일도 종종 있었다. 백년손님에 대해 정말 못 말리는 당신만의 도리이며, 애정 표현이었다.

어머님의 '밥'에 대한 애착은 각별했다. 나는 결혼 전까지 부모 슬하에 사는 동안 식은 밥을 먹어본 적이 없었다. 군대에서도 그런 기억은 없다. 오죽하면 '대한민국 육군이 너희들에게 식은 밥을 먹인 일이 있었나?'라는 슬로건이 있었을까.

그 시절 어머니는 아침 일찍 무쇠솥 가에 피시식거리는 밥물이 마른 후, 뜸을 잘 들여 밥을 하셨다. 김이 서리는 밥솥의 가장 한가운데 밥을 정성껏 담아 아버지께, 다음 나, 그리고 도시락 두 개 준비 후 남, 여동생 순으로 삼 남매의 밥을 푸셨다. 그리고 누룽지 긁은 당신의 밥을 스텐 식기에 담아, 좁은 부엌문을 통해 방으로 들어오셔서 밥상을 차리셨다. 두부 양파 듬뿍 넣고 돼지비계가 둥둥 떠도는 뜨거운 된장국이 양은 냄비에 담겨, 온 방에 안개를 풍기며 밥상 한가운데 놓였다. 이어서 봉우리로 솟은 시큼한 김장김치가 옥사발에 국물 가득히 담겨 자리 잡으면,

"어~, 밥 묵자!"

하시며 아버지께서 자리하시곤 했다. 아버지가 뜨거운 된장국

을 후후 불며 밥 한 술 입에 가져가시면 어머니는 옆에서 손으로 김치를 찢어 기다렸다는 듯이 밥술 위에 올려 주시곤 했다. 간혹 고기 덩어리인 줄 잘못 알고 가득 떠서 씹으시다가, 그게 된장 덩어리인 줄 아시면, 얼굴을 찡그리시기도 하셨다. 아! 그 표정! 뱉을 수도 없고.

사실은 나도 그때 더운밥, 뜨거운 국에 입천장을 여러 번 데인 일이 있었다. 언젠가 친구 기석이의 생일날 대명동 약국집에 초대받은 걸로 기억된다. 그날 역시 더운 오곡 찰밥에 뜨거운 쇠고깃국이 차려졌었다. 어찌 된 셈인지 국에서는 김이 나지 않았다. 잘 됐다 싶어, 오곡 찰밥 한 술 입에 넣고 그 뜨거움을 국으로 식힐 요량으로 국 한 숟갈 듬뿍 떠서 입에 넣었는데, 하이고! 입 안이 용광로가 되었다. 뱉을 수도 없고 넘길 수도 없는 상황이었다. 하필이면 바로 그때 기석이 여동생이 맞은편에 앉아 내 얼굴을 빤히 쳐다보고 있었다. 어쩔 수 없어 뜨거워 옳게 씹지도 못한 채, 얼른 삼켰다. 순간 입 안은 벼락이 치고 목구멍에서부터는 벌건 쇳덩이가 지지며 내려가는 듯했다. 참담한 순간이 지나가니 눈에서는 뜨거운 눈물이 비 오듯 흘렀다.

"무웅이 오빠! 뭐 슬픈 일이라도 있심까?"

김이 안 나면 뜨겁지 않을 것으로 착각한 것이 잘못이었다. 쇠기름 막이 뜨거운 고깃국을 덮어서 김이 날 수 없었던 걸 몰랐던 것이다. 그 결과 입천장이 여러 겹 껍질이 벗겨지고, 혓바늘이 돋고, 입 안의 편도선이 부어 한동안 식사가 두려웠다.

그 경험으로 결혼 후 아내한테 제발 밥이나 국 중 한 가지는 식었으면 좋겠다고 말한 적이 있었다. 알았다고 하는 아내로부터 정작 식은 밥을 받고 보니 얼마나 서운하던지! 내가 원한 것은 '식은 밥(찬밥)'이 아니고, 더운밥을 잠깐 김 날려 식혀달라는 것이 아니었던가! 난감해하는 나를 보며 되려 의아해하던 아내의 얼굴 위로 평생을 더운 밥을 중시했던 어머니의 모습이 겹쳐졌다. 사람 마음이 이렇게 간사한가 보았다.

# 남자의 위상

　　30여 년 공직생활 끝에 퇴직을 맞았다. 업무
상 관비 여행을 다닐 때마다 바깥 바람 한 번 변변히 못 쐬어준
아내에게 미안하던 차 퇴직하여 시간도 널널하니 국내외 여러 곳
을 다녀볼 계획을 세우게 되었다.

　먼저 아들 내외의 기특한 제안이 들어왔다.

　"아부지! 명예로운 퇴직을 맞아 장자가 축하를 드리고 싶은데
우짜까요? 손님 모아 꽹과리 한 번 칠까요? 아니면 엄마와 같이
그동안 못 해 보신 해외여행이라도 다녀오실랍니까?"

　"요즘 세상에 꽹메구이는 무슨~. 엄마와 같이 여행이라도 다
녀올란다."

　"알겠심더! 그러실 줄 알고 호주 뉴질랜드 티켓을 준비해 놨으
니 열흘 정도 댕기오시이소."

　아들 내외가 여행 티켓을 준비하고 딸과 사위가 봉투를 준비

하여 호주 뉴질랜드 여행을 가게 되었다.

푸른 태평양 바다와 맑은 하늘이 맞닿아 있는 오세아니아주의 호주와 뉴질랜드는 태초의 아름다움을 그대로 지니고 있었다. 태고의 자연들을 차량과 크루즈로 여행하였다. 뉴질랜드 항해의 밀포드 사운드와 만년설이 녹은 폭포, 신비로운 피요르드 해안의 비경과 〈반지의 제왕〉의 무대인 호비튼 무비 세트장을 둘러보았다. 로토루아 지역에서는 아그로돔 양털 깎이 체험쇼와 양몰이 쇼도 구경하였다.

포리네시아 스파에서는 유황 온천욕도 해보고 마오리 원주민 민속쇼와 테푸이아 민속마을(진흙열탕) 등을 체험하였다. 케이블카도 타고 시드니 블루 마운틴 국립공원과 거대한 수족관 등을 관람하며 호주의 해양 역사를 둘러보기도 했다. 코알라, 캥거루, 웜뱃 같은 희귀 동물과 시드니 동부 해안의 뉴질랜드 전통 농장도 둘러보았다.

시드니 항만의 아름다움을 감상하며 인 샌드 보딩(모래 썰매 타기)도 하고 하버 브릿지를 통과하여 돛과 조개 껍질을 모티브로 한 우아한 외양의 오페라 하우스 내외부를 경이롭게 관람하면서 사진도 많이 찍었다

관광 중 아내를 위해 비싼 유백색 양털 옷을 하나 사주었더니 더 욕심을 내어 미용 크림을 비롯한 화장품 수십 가지와 가이드의 꾐에 빠져 몸에 좋다고 선전하는 각종 건강 약품도 엄청 사 왔다. 귀국해서는 사용도 못 한 채 잊고 있다가 수년 뒤에 발견했을

때는 약품들이 이미 유효 기간이 지나서 쓸모 없게 되고 말았다.

퇴직 후 여행에서 느낀 게 하나 있다. 그즈음 다녀본 여러 나라 중 살기 좋은 나라를 꼽으라면 호주와 뉴질랜드에 이어 캐나다 순이었을 것이다.

당시 호주와 뉴질랜드는 인기가 좋아 이민자를 많이 모집했다. 투자 이민과 기술 이민 두 분야가 대상이었는데 기술 이민 우선순위자 중의 1순위에 목장 관련 수의사가 포함되었다. 수의사란 말을 듣는 순간 눈이 번쩍 띄었다. 나의 전공과 일치할 뿐 아니라 당시 나의 나이가 60이었으니 기술 이민이 가능한 상황이었다. 부모님도 이미 돌아가셨고 자식들도 모두 혼인하여 분가했으니 기술 이민으로 아내와 둘이 살면서 개업을 하거나 목장 전속 수의사로 지내볼 생각도 해보았다.

문제는 따로 있었다. 호주와 뉴질랜드는 대단위 목축국으로 인구보다 사육 가축의 숫자가 엄청 더 많음은 주지의 사실이었으나, 국민 정서상 남자의 위상이 문제였다.

예컨대 뉴질랜드 의회에는 남자보다 여자 의원이 더 많았고 중요 결정 사항에서는 여성의 발언권이 더 세다는 것이다. 그뿐만 아니라 이혼을 하게 되면 남자는 재산 분배상 쪽박을 찰 수밖에 없도록 법적 구조가 되어 있었다.

순위로 봐서는 여자가 1순위, 면양 몰이 개가 2순위, 남자는 마지막으로 3순위가 되었다. 남자의 위상이 양몰이 개만도 못한 셈이었다. 웃음이 나왔다.

허기사 웃을 일도 아니었다. 영향력 있는 여러 나라의 여성 지도자를 예로 들어보자. 영국에는 마거릿 대처 총리가 있고, 독일에는 네 번 연속 총리직을 역임한 앙겔라 메르켈 총리가 있다. 우리나라도 마찬가지가 아닌가? 전통 사고방식이었던 '남존여비'란 단어 자체가 생소할 지경이다. 여자가 남자 위에 군림하는 모습도 생소하지 않다. 여자 대통령도 나오지 않았는가.

하지만 그때는 남자가 3순위의 나라에까지 이민 가서 그런 대접을 받고 살기에는 알량한 남자의 자존심이 내 가슴 깊이 똬리를 틀고 있었던 모양이었다. 접자! 접어두고, 그간 고생해서 모아둔 국가 연금이나 타면서 아내와 같이 모국에서 여생을 보내기로 했다.

# 편애偏愛

　　　　나는 외할머니의 지극한 사랑을 받으면서 성장했다. 그도 그럴 것이 외할아버지는 천석지기의 땅 부자였는데 딸만 넷을 낳았다. 어머니는 막내딸이었다.

　외할아버지 별세 후 외할머니는 큰이모 댁에 기거했다. 식사 때 별난 반찬을 하거나 갈치라도 한 토막 구우면 당신이 잡수지 않고 내게 준다고 창호지에 싸서 품에 넣어 오시곤 했다.

　같은 형제간이라도 내 밑의 동생들은 차별하여 나만 편애하셨다. 당신께서 아들을 못 두신 게 한限이 맺히셔서 그런지 나를 특히 사랑하셨다. 그러나 정작 외할머니는 6.25 사변 후 피난길에 얼굴도 못 보고 헤어진 후 소천하셨다. 지금은 모습조차 가물가물한 외할머니가 못내 보고 싶고 그립다. 그렇게 할머니는 사내아이 외에는 편애하셨고 또 일방적이긴 하나 헌신적인 사랑을 하셨다. 나는 어떨까?

나는 남매를 두었다. 이상하게도 외할머니와는 달리 아들보다 딸을 편애하는 경향이 있다. 딸의 그 살가운 행동이 나를 즐겁게 했다. 퇴근 후에 과자라도 한보따리 사들고 들어가면 아들놈은 아무 소리 없이 부시럭 부시럭 한 주먹씩 입에 넣고 씹기 바쁜데, 딸은 한 개를 먹어보고는 나를 빤히 쳐다보면서

"아빠 이렇게 맛있는 과자를 어디서 사오셨어요?"

라고 눈웃음을 보낸다. 딸애와 머슴애의 정서적인 감각 차이 겠지만 나는 그런 딸이 좋았다. 결혼하여 분가를 하니 그때의 귀여움은 사라지고 친정에 괜찮은 그릇이라도 있으면 챙겨가려고 눈독을 들이는 도둑으로 변해갔지만.

나의 사랑은 자연스럽게 외손녀한테로 옮겨갔다. 외손녀 혜원이는 태어날 때 미숙아로 인큐베이터 신세를 지게 되었다. 나는 퇴원할 때까지 딸네 집에 머물렀다. 어린 것이 애처롭고 가여워서 각별히 마음이 쓰였다. 4년 후 외손자가 건강하게 태어났지만 나는 혜원이한테 사랑을 쏟았다.

혜원이는 덩치는 작지만 속이 깊었다. 유치원에 다닐 때 일이었다. 또래의 몸집 큰 짓궂은 남학생이 수시로 혜원이 책상 의자에 앉아 혜원이를 괴롭힌다고 했다. 내 자리이니 비켜달라고 몇 번을 말해도 비켜주지를 않아 속상했다는 말을 듣고 내가 화가 나서

"의자를 뒤로 홱 당겨 넘어뜨리지 왜 가만히 있었니?"

라고 했더니 혜원이 대답했다.

"할아버지 그러면 안 돼요. 몇 번 더 말해보고 그래도 안 되면 선생님한테 이야기할 거예요."

참으로 이상한 일은 나의 편애가 외할머니와 반대 방향으로 흐르는 일이었다. 외손자보다는 외손녀에게 사랑이 가는 나 자신이 기이했다. 외손자는 장난이 심하다. 외가에만 오면 손에 닿을 물건은 모두 위로 옮겨야 하는 저지레꾼이라 달갑지 않은 모습을 보였나 보다. 녀석은 장난치다가 나만 보면 슬금슬금 피했다. 딸이 나의 편애를 원망하는데, 나 역시 맹목적으로 나를 귀애했던 외할머니 생각이 나서 피식 웃음이 나왔다.

지금도 나는 가끔 외할머니의 편애를 생각한다. 남존여비의 사회에서 딸만 넷을 낳았으니 그 스트레스가 오죽했을까. 나는 업고 동생은 걸리면서도 어린 동생이 돌길에 차여 넘어지면

"얘 이놈 행망 없이~."

라며 동생을 되려 꾸짖으셨다고 한다. 그 맹목적 편애를 어찌할꼬. 오늘 나의 외손녀에 대한 편애가 외할머니로부터 받은 유전자 탓인지 나 스스로의 성향 탓인지는 알다가도 모를 일이다.

# 아버지와 나

        사내아이에게 아버지는 어떤 존재일까? 인생을 살아오면서 아버지는 나에게 어떤 영향을 미쳤을까?

    아버지는 경찰서장이었다. 1970년대는 밤 12시 이후가 되면 전기가 끊기는 시절이었다. 우리 집에는 특별히 고위층에나 있음직한 비상전화가 있었다. 어린 마음에 친구들에게 으쓱하곤 했는데 사실은 자랑할 만한 게 아니었다. 아버지를 부르는 호출기였던 것이다.

    오밤중 비상전화가 울리면 아버지는 전투복으로 갈아입고, 윌리스 지프 차에 승차하신 후부터는 연락 두절이 되었다. 군경 합동 작전으로 며칠씩 행방불명이 될 때도 있었다. 오죽하면 훗날 내 여동생에게 경찰관 사위 혼담이 들어오자 어머니가 '내 눈에 흙이 들어가기 전에는 경찰관 사위 안 본다'고 버텼을까. 어머니는 두고두고 그 일을 되씹었다.

나는 아버지에 한참 못 미치는 아들이었다. 유약하고 물러터진 자식이었다. 의과대학 시험에 떨어지고 재수할 때 아버지는 이미 나의 그릇을 눈치챈 것 같았다. 입학원서 시기가 다가오자 조용히 나를 불렀다. 수의학과가 어떠냐고 했다. 나는 민망하게도 그것이 무엇을 공부하는 학과인지도 몰랐다.

"동물을 치료하는 의사다."

대학 교양학부 시절이었을 것으로 기억된다. 대의원도 하며 '흙'이라는 향토 봉사 모임에도 가입하여 친구도 많이 사귀게 되었다. 공부보다는 주머니 사정에 맞추어 술 마시고 담배도 피우며 친구들과 시내를 휘젓고 다니는 일에 몰두했다.

'대학생'이라는 신분은 참으로 매력적이었다. 학생인가 하면 사회인이요, 사회인인 동시에 학생이기도 했다. 자유와 낭만이 우리 앞에 무지갯빛으로 펼쳐져 있었다. 나는 음악다방에도 들락거리고, 유행하는 팝송에도 빠져들었다. 연극에 흥미를 느껴 수의학과 선배이자 현재 배우로 활동하는 신충식 실장의 지도하에 연극팀을 만들어 학교 축제 때 공연을 하기도 했다.

어느 날 친구들과 어울려 칠성 시장과 향촌동 술집을 싸돌아다니다 야통위반에 걸리고 말았다. 집이 바로 가까이 있다고 사정했으나 묵살당하고 관할 파출소에 연행되었다. 일일이 조서를 받고 대기하다가 호송 버스에 태워져서 7명 모두 의자도 변변히 없는 경찰서에 내팽개쳐졌다. 아버지가 서장으로 있는 본서였다.

우리들 외에도 다른 여러 관할 파출소에서 검거된 잡범들로 경찰서는 시끌벅적했다. 직원들은 모두 반말지껄이로 우리들을 윽박질렀다. 소변이 마려워 변소에 갈 때도 단속이 따라붙었다.

하필이면 아버지가 있는 본서였기에 창피하고 민망스러워 얼굴을 들 수 없었다. 행여 아버지와 부딪치기라도 할까 봐 전전긍긍했다. 친구들이 눈치도 없이 너희 아버지께 부탁하자고 졸라대어,

"아버지 알면 맞아 죽는다."

고 화를 벌컥 냈다.

경찰서 안은 한마디로 아비규환이었다. 지옥이 있다면 이런 모습이 아닐까 싶을 지경이었다. 잡범들이라 서로가 잘잘못을 따지며 학생 신분인 우리한테까지 자문을 구하기도 했다. 우리 역시 학생 신분을 떠나 잡범이 되어 있었다.

새벽이 되니 경범죄 처리반 담당 판사가 서류 가방을 든 입회 서기와 함께 도착했다. 미리 작성된 조서를 읽고 분류 체크를 마친 후 모두들 보는 앞에서 죄상을 공개하고, 훈계를 한 후 바로 벌금형을 내렸다.

우리 같은 야통위반은 범죄도 아니었다. 태평로 유곽 지역에서는 아가씨와 호객 손님이 남녀 풍속범으로 잡혀 들어와 있었다. 술집에서 싸움이 벌어져 폭행, 또는 기물 파손으로 기소된 건달들도 있었다.

당직 서기와 함께 온 순회 판사는 인민재판 하듯 죄상을 낱낱이 공개했다. 유곽 지역의 아가씨와 호객 손님에게는 인신 공격

성 낮 뜨거운 질문도 거침없이 쏟아놓았다. 그 자리에서도 피해자는 가해자에게 대들며 싸움이 붙고 소란하여 당직 경찰들이 급히 동원되기도 했다.

상황이 정리되고, 판사는 죄상이 비교적 무거운 인신 폭행 및 기물 파손한 두 명만 기소하고, 우리 7명을 포함한 나머지는 경범죄로 일괄 벌금형을 내렸다. 우리들에게는

"대학생이란 신분에 부모님을 위해 밤을 낮 삼아 공부를 해도 시원찮은 살기 어려운 세상에 밤새워 술이나 퍼마시고 부모님들 걱정하도록 해서 되겠느냐?"

훈계를 한 후, 각각 1,000원씩 범칙금을 물렸다. 아울러 본 판결에 이의가 있으면 일주일 이내에 서면으로 이의를 제기할 수 있으며, 현금이 없으면 환형煥刑조치(500원을 1일로 계산하여 유치장에 구류) 한다고도 말했다.

우리는 호주머니를 모두 털었다. 지금 같으면 10만 원쯤 되는 액수였을 것이다. 다행히 친구들 돈을 합하여 범칙금을 납부하고, 야통 해제 사이렌과 동시에 모두 풀려 나왔다. 모두들 잠도 한숨 못 자고 허탈하여 각자 집으로 흩어졌다.

터벅터벅 걸어서 집에 도착하니 아침이었다. 아버지는 방금 출근했다고 했다. 나는 가슴을 쓸어내렸다. 까딱 늦었으면 아버지께 들킬 뻔하지 않았는가?

그러나 그것은 착각이었다. 오후에 늦은 점심을 먹으면서 엄마한테 들으니, 아버지는 이미 알고 있었던 모양이었다. 엄마한

테도 모른 척하라고 일렀다고 했다. 얼굴이 화끈 달아올랐다. 한편으로는 나에게 야통위반 외에도 아버지가 모르는 3건의 비슷한 범죄행위가 더 있음을 떠올리고는 묵묵히 밥을 먹었다.

# 정글의 법칙

제목을 '정글의 법칙'이라고 붙이고 보니 아프리카의 야생동물을 상상할 수도 있겠다. 나 역시 갑자기 코뿔소나 하마, 고릴라가 된 기분이 들기도 한다. 그들은 아직도 아프리카 대지를 마음껏 휘젓고 다닌다.

인간에게도 그런 날이 올 수 있을까. 어쩌면 인간은 오래전 아프리카를 포기한 것이 아닐까. 인간은 '도시'라는 또 다른 정글에 살고 있는 것이 아닐까.

한국에서 운전을 잘한다는 소리를 듣는 사람은 진짜 운전을 잘하는 사람이라는 말이 있다. 출근길은 더하다. 가히 곡예라고 할 만하다. 정체도 심할뿐더러 교통법규는 거의 지켜지지 않는다.

교통위반 단속이 심해지면서 운전자도 교묘히 단속을 피해 나가게 되고, 경찰은 이에 집요하게 이동단속, 함정단속의 방법으로 대처하게 된다. 오죽했으면 '카파라치' 라는 말이 생겼을까? 위반 차를 신고하면 포상을 주는 제도다. 운전자들도 약아서 피뢰침이 없는 감시카메라는 가짜인 줄 알고 있었는데, 그것도 믿지 못하게 만드는 것이 함정단속이다. 과속하는 뒤차에 바싹 붙어 가면 카메라에 찍히지 않고 벗어날 수 있다는 것이 상식인데, 요즘은 첨단 추적 장치 카메라가 있어, 옛날 카메라보다는 성능이 월등하게 개선되었다고 한다.

아들이 포항에 있는 포스코에 근무하게 되었다. 아침 일찍 승용차로 포항까지 통근하다가 간혹 시간에 쫓겨 과속운전으로 카메라에 잡혀 속도위반 딱지를 떼인 일이 있었다. 친구들에게 그 얘기를 했더니 무슨 스프레이(뿌리는 약제) 같은 것을 구해 주면서 번호판에 뿌리면 과속단속 카메라에 찍히지 않는다고 귀띔해 주었다. 앞뒤 번호판에 뿌린 후 조심스레 운행하다가 어느 날 사정이 있어 또 과속을 했는데, 영락없이 과속딱지가 날아왔다.

이상해서 사진이 첨부된 범칙금 통지서를 살펴보니, 차량 번호판은 가려져서 보이지를 않는데, 좌측 윈도우 밑에 핸드폰 번호가 조그맣게 찍혀 있더라고 했다. 교통 정글에서는 역시 경찰이 한 수 위였던 것이다.

어느 토요일, 아들이 포항에서 퇴근 후, 크게 바쁜 일도 없어 규정 속도대로 톨게이트를 무사히 빠져나와 일반 도로로 바로 진입했다. 그러다 습관적으로 속도를 조금 내어 보는데 느닷없이 사이카가 달려오는 것이 아닌가.

아들은 얼마 전 단속으로 벌점도 있어 그러니 제발 벌점 없는 걸로 해달라고 싹싹 빌며 사정을 했다. 전후 사정을 들은 경찰이 고개를 끄덕이며 그래도 적발이 되어 없던 일로는 할 수 없으니 가장 약한 걸로 끊어 주겠다고 했다.

난처한 일은 관할 경찰서에서 일어났다. 그날따라 유달리 교통위반자가 많아 범칙금 딱지를 내밀고 순서를 기다리는 중에, 수부에서 큰 소리로

"길에서 노상방뇨한 운전자 나오세요."

하기에 어느 몰상식한 놈의 이야기인가 하고 두리번거렸더니 다시 큰 소리로 아들의 이름을 부르는 게 아닌가!

대기자들의 시선이 일제히 아들에게 쏠렸음은 말할 것도 없다. 뒤쫓아 온 사이카에게 벌점 없는 걸로 해달라고 싹싹 빈 아들의 요구를 들어주는 대신 창피나 톡톡히 당해보라는 경찰의 짓궂은 심사가 작용한 것이었다. 정글의 법칙이 유감없이 발휘된 것이기도 했다.

수험장에서 커닝 방법이 발달하면 적발하는 방법도 진화한다는 얘기가 있다. 어려운 공부 끝에 좋은 직장까지 가졌으면서 하찮은 교통위반으로 경찰에게 싹싹 빈 내 아들의 꼴도 우스꽝스럽지만 결정적인 순간에 '노상방뇨'라는 히든 카드를 들이민 경찰의 유머도 미소를 자아낸다. 소주라도 한 잔 대접하고 싶은 지경이다.

아들은 오늘도 정글의 법칙에서 살아남고자 고군분투 중이다.

# 휴대폰 유감

　　세상이 참 편리해졌다. 언젠가부터 남녀노소 불문하고 전화기를 몸에 지니고 다니는 시대가 왔다. 휴대폰이다. 거실 한쪽 귀퉁이에 얌전히 놓여있는 전화기와 달리 굳이 '휴대폰' 이라 명하는 것은 인간이 그것을 몸에 휴대하기 때문이다. 우리는 수족처럼 휴대폰을 몸에 지니고 다닌다. 또한 수족처럼 휴대폰에 의존한다. 문제는 그것을 분실했을 때이다. 나에게도 사고가 발생했다.

　　중요한 일로 다음 날 오전에 서울에 갈 일이 생겼다. 가기 전에 지인의 사무실에 들러 필요한 것들을 챙겨갔다. 그날 업무를 마치고 준비한 서류를 한 보따리 안고 집에 와서야 그만 휴대폰을 분실했음을 알게 되었다.

　　제출 서류 봉투와 점퍼 호주머니 등 여러 곳을 뒤졌으나 찾지 못하여 안달하다가 기억을 더듬어 보았다. 내가 마지막으로 그의 회사 사무실 앞에서 다른 친구에게 업무상 통화를 한 후에는 휴대폰을 다시 만진 적이 없음을 기억해 냈다. 생각이 거기에까지 미치자 지체 없이 퇴근 준비를 하는 그의 사무실로 다시 찾아갔다. 나의 동선을 따라 화장실까지 샅샅이 찾아봤으나 허탕이었다. 할 수 없이 퇴근하는 지인에게 집 전화와 처의 번호를 알려주고 혹시 소식이 있으면 연락해 줄 것을 부탁했다. 갑작스러운 그 일로 밤새 걱정이 되어 뜬눈으로 지새우며 오만 가지 생각을 하게 되었다.

내가 휴대폰을 지니기 시작한 지가 언제부터였던가. 20년? 30년? 기억조차 가물가물하다. 거실 마루 모서리에 오래전부터 있어 온 일반 전화기는 거의 사용하지 않고 있다. 간혹 수신이 올때 받긴 하나 송신을 위해 사용하는 일은 거의 없다.

밤중에 자리에 누워 머리맡에서도 지인들에게 송수신과 카톡으로 그날의 일상사를 주고받는다. 일기나 메모를 하기도 한다. 여러 가지 기능을 활용하여 달력이나 기상 상황 등 기기에 기억된 여러 가지 편의 옵션을 유감없이 활용하기도 한다.

휴대폰은 이제 잠시도 떨어져서는 안 될 분신과 같은 존재가되었다. 휴대폰은 약속 일자, 기제사, 가족 생일 등 주요 메모들이 빼곡히 저장되어 있는 기기이기에 수면 시간 외에는 거의 모든 일에 수족같이 따라다니는 문명의 이기가 되어버린 것이다. 게다가 소형 PC 기능까지 있어 일상생활에서는 편리함의 극대이다.

그러나 잃어버리고 잘못되면 개인 신상이 속절없이 탈탈 털리는 조심스러운 물건이기도 하다. 누가 말했듯이 앞으로는 안과 환자가 많아질 것이며, 더러는 전자파로 인한 정자 감소증으로 남성 구실에 지장을 초래할 수도 있을 것이라는 경고에도 불구하고, 기능이 향상된 새로운 기종이 나오면 유행에 뒤질세라 앞다투어 구입하여 자랑질하며 타인의 구매 의욕을 경쟁적으로 자극시킨다.

일본에서는 전철 안에서 신문이나 책을 읽는 사람이 많은 데 반해 우리나라는 전철 승객의 2/3가 고개를 숙이고 휴대폰에만 몰입한다고 한다. 과연 못 말리는 별난 민족이다.

뜬눈으로 밤을 지샌 다음 날 아침 일찍 지인 사무실에서 희소식이 왔다. 수면 부족인 나를 위해 아내가 운전하여 한달음에 그의 사무실로 찾아갔다. 지인 근무처의 건물 담당 공익요원이 아침 일찍 사무실 주변 청소 중 우연히 발견했다고 한다. 휴대폰은 사무실 출입구 좌측 안쪽 대리석 난간 위에 놓여 있었다. 그곳은 직원들이 휴식 시간에 담배를 피며, 자판기 커피라도 한잔하는 휴식 공간이다. 모양 예쁜 둥근 사철나무가 심어진 대리석 난간 안쪽에 놓인 내 휴대폰을 사무실 건물 공익 요원이 용케 찾았다는 것이다. 천만다행이었다. 아니 할 말로 외부 타인이 먼저 보고 습득했더라면 정말 여러가지로 참 힘들었을 것이었다.

휴대폰을 찾고 나니 이제야 다시 생각이 났다. 가만히 생각해 보니 어제 사무실 앞에서 다른 친구에게 통화 후 난간에 그대로 놓아둔 채 지인 사무실에 들러 서류만 급해서 챙긴 후 올 때는 깜박 잊고 그대로 집에 왔는가 보았다. 휴대폰 뒤에 이름 적힌 도서관 카드와 출입증이 꽂혀 있었으니 혹여 오전 중 누가 연락할 것으로 기대는 했다. 하지만 다음 날 오전까지 못 찾으면 모든 일에 지장이 생길 난감한 터수였다.

이렇게 분실한 휴대폰을 극적으로 찾고 보니 문득 궁금증이 생겼다.

나에게 휴대폰은 어떤 의미였던가.

그동안 내가 휴대폰을 휴대했던가.

휴대폰이 나를 휴대했던가.

# 돌하르방 사고

토요일이었다. 포항 아들네 집에 나들이 갔다가 오후 늦게 귀갓길에 올랐는데, 연료 계기를 보니 연료가 바닥 직전이었다. 급히 주변 LPG 충전소를 찾았으나 눈에 띄지 않았다. 근근히 발견했으나 일이 꼬이려고 그랬는지 이번에는 주유소 주인이 부재중이었다. 어쩔 수 없이 포항 아들 집으로 되돌아가서 하룻밤 자게 되었다.

다음 날이 일요일이라 아들이 바다 구경 시켜준다고 우리 내외를 태워 북구 송라면의 바다가 보이는 전망 좋은 카페로 데리고 갔다.

시설이 훌륭했다. 커피와 다과로 아들과 담소를 나누다가 날도 화창하고 포항 앞바다의 전망도 좋아 해풍을 쐬러 바다를 향해 계단을 내려갔다.

구름 한 점 없는 화창한 날씨라 카페 밖으로 나와 아래 해변가로 내려가니 회색빛 동글동글한 몽돌이 넓게 깔려있어 운치는 좋았으나 걷기에 편하지 않았다. 아내가 끈 없는 평상 운동화를 신고 오다 보니 발길이 자주 미끄러져 걸음이 조심스러웠다.

몽돌을 힘들게 지나 위로 올라오다 보니, 아내가 업체 측에서 공유 수면에 설치한 인공 구조물인 돌하르방에 왼쪽 어깨를 심하게 부딪쳐 앞으로 고꾸라지고 말았다.

고함 소리에 놀라 아들과 같이 돌하르방 앞으로 뛰어가니, 아내가 고꾸라진 상태에서 비명을 지르고 있었다. 아들과 같이 부축하여 급히 계단을 올라 차에 태울 때까지도 비명은 이어졌다. 골절이 의심되었다. 아들이 급히 차를 몰아 바로 대구로 향했다.

급한 김에 대구 집 가까이 있는 병원 응급실로 데려가 X-ray를 찍었다. 심한 골절 상태임이 확인되었으나 휴일이었기 때문에 진통제를 처방받아 일단 귀가했다.

이튿날 아침 119 구급차를 불러 다시 병원에서 정밀 검사에 들어갔다. 의사는 '왼쪽 상완골 상단의 여러 규모의 폐쇄성 골절'이라는 진단을 내렸다. 두 차례에 걸친 CT와 MRI 판독 결과 위급 상황으로 판단하여 다음 날 장장 2시간 40분에 걸친 대수술을 받았다.

아들이 화가 단단히 났다. 돌하르방을 무단 설치한 카페 업체에 강력히 항의하였으나, 사과는커녕 사고는 업체 앞 바다인 공유 수면 부지에서 일어났다고 하며, 사고 당시 CCTV 촬영 자료까지 제시하였다. 업체와는 무관함을 주장하는 것이었다. 결국 아들은 포항시에 업체의 '공유 수면 돌하르방 시설물 무단 설치'에 대한 책임을 추궁하기에 이르렀다.

포항시에서는 사고 현장에 임의로 설치한 돌하르방은 카페에서 공유 수면을 무단 점유하여 설치한 시설물로, 원상 복구 통지와 함께 불이행 시 고발조치하겠다고 공문서를 보내왔다

사고 후 입원 한 달간 아내가 많이 힘들었다. 간병인과 병 수발로 주위 분들의 직, 간접적인 도움이 컸으나 극심한 고통은 고스란히 아내의 몫이었다.

아내가 부상을 당하고 보니 나 또한 모든 것이 제자리에서 벗어나고 삐뚤어진 느낌이 들었다. 차라리 아내 대신 내가 사고를 당하는 것이 나았을 거라는 생각이 들 지경이었다.

수술 후 입원실에서 회진 간호사가 처의 왼쪽 어깨에서 겨드랑까지 길게 절개한 부위의 철사 봉합 12개 소를 매일 소독하러 왔다. 수술용 철사 바늘로 꿰멘 상처 부위를 매일 소독하는 것을 볼 때는 정말 안쓰러웠다. 영화 〈프랑켄슈타인〉의 공포스러운 모습을 보는 듯했다. 어깨에서 겨드랑이까지 길지만 조심스럽게 절개를 한 이유는 여자가 해수욕복을 입었을 때 노출을 최대한 배려하여 수술 부위를 고려한 듯했다. 아내는 용케도 인내심을 발휘하여 잘 참아내고 있었다.

사실은 앞으로가 또 문제였다. 수술 부위와 골절 부위가 아물어 치유된 후에는 지루한 재활 운동 과정을 거쳐야 한다. 그 후에도 난관은 남아있다. 의사는 수술할 때 상완골(윗팔뼈)을 교정하기

위하여 사용한 플라스틱 보정 이물異物을 제거해야 하는 수술을
또 한 번 감당해야 한다고 말했다. 첩첩산중이었다. 순간의 실수
가 이렇게 큰 고통을 주다니!

　아내의 잠든 얼굴을 보며 아들과 둘이서 술잔을 기울였다. 어
디서부터 일이 잘못되었는지를 되짚어 보았다. 문제의 발단은 연
료였다. 장거리 운전에서 나는 왜 연료가 바닥을 칠 때까지 무심
했던가. 다음은 바닷가 산책이었다. 아내의 신발이 부실한 것을
번연히 알면서도 위험한 몽돌 위에서 나는 왜 아내를 챙기지 못
했던가.

　아들은 아들대로 돌하르방 무단 설치를 두고 따져보고 있었
다. 포항시는 시대로, 카페 업체는 업체대로 돌하르방 무단 설치
를 두고 책임 전가를 하는 모양이었다. 아들은 공무원들의 책임
의식에 분노하고 있었다.

　나는 묵묵히 아들의 잔에 술을 따랐다. 지금 와서 남의 잘잘못
을 따져서 무얼 하겠는가. 여자 하나도 못 지키는 허수아비들이
지금 술잔을 앞에 두고 있지 않는가.

# 짝사랑

    얼마 전에 다녀온 단양 보발재의 형형색색 단풍들은 자연이 빚어낸 은혜로운 빛깔로 곱고 아름다웠다. 오후부터 간간이 내린 비는 겨울을 재촉하는 듯 늦가을 궂은비로 이어졌다. 아파트 창문 너머로 내려다보이는 놀이터 육각정의 상록수 몇 그루를 제외하고는, 낙엽이 질척하게 쌓여 황량한 들판으로 변하고 있었다.

    드디어 겨울의 복병이 이 지역을 염탐하러 온 것 같다. 자연 현상만 변하는 게 아니라 계절은 우리들의 삶과 생활패턴까지도 바꾸어 놓는다. 내의가 필요한 계절이 다가왔다. 오늘같이 비 온 뒤 우중충한 늦가을, 아내는 외출하고 혼자 집 지키는 오후에는 여러 가지 상념이 어린다. 지난날의 놓치기 싫은 아슴푸레한 추억들, 더러는 잊고 싶어지는 불편하고 부끄러운 기억도 떠오른다. 계절 탓인가.

스스로 부끄러워지는 아련한 추억이 있다. 고등학교 시절의 일이다. 크리스마스 무렵에는 같은 기독교 계통의 남, 녀 두 학교의 성가대 합창 연습이 있었다. 이를 계기로 남학생들은 청라 언덕을 배경하여 여학생들과 친교를 원하고 있었는데 기회를 잡지 못하고 있었다. 그러다가 강당에서 합법적으로 연합예배를 위한 남녀 혼성 성가대 합창단을 만들게 되었다. 경쟁이 치열했다. 오디션을 거쳐 우리 학교에서는 25명이 뽑혀 방과 후에 1시간씩 꿈에 그리던 여학생들과 함께 연습할 수 있는 기회가 왔다. 나는 바리톤 파트였다.

연습 도중 악보를 잃어버려 난처해하던 여학생이 있었다. 내가 나서서 선생님께 한 부를 부탁하여 얻어주었다. 운명이었다. 나는 그 순간을 감히 운명이라고 말하고 싶다. 허리를 잘록하게 묶은 검은 교복에다 백옥같이 흰 칼라가 돋보이는 그녀에게 나는 눈이 멀고 말았다. 합창 연습이 끝나기를 문밖에서 기다렸지만 만나지 못했다. 여러 방법을 시도했지만 실패했다.

남녀 혼성 성가대 합창 연합 예배를 성공적으로 마치고 지휘자 선생님이 베푸시는 다과회에 참석하여 격려를 받고 헤어졌다. 아쉬워서 '잘 가라' 는 인사나 하려고 여학생들이 모인 장소를 기웃 거렸으나 놓치고 말았다. 가슴에 새긴 초록색 역삼각형 명찰이 있었으니 어쩌면 내 이름 정도는 기억해 줄까? 내년 크리스마스까지는 합창도 없고, 만나고 싶어도 같이 할 구실이 없는데. 바보 같은 생각으로 혼란스러웠다.

내가 왜 그랬을까? 명찰이 붙어있었지만 떳떳하게 다가가서 이름을 밝히며 사귀고 싶다고 왜 바보같이 말 한마디 못 했을까? 중 3 때는 영어 선생님을 졸라 외국 여배우 캐롤 베이커에게 항공 우편으로 편지를 부칠 정도로 당돌하고 용기 있던 내가 그녀 앞에서는 왜 그리 바보가 되었던가? 집에 오면서 혼자 머리를 쥐어박으며 나 자신이 못난 바보임을 한탄했다.

몇 년이 지났을까. 어느 날 엄마 친척이라는 숫골 할매와 함께 다정히 손잡고 범어동 우리 집에 온 원피스 차림의 아가씨가 있었다. 안면이 있어 자세히 보니, 아이고! 오매불망 숨바꼭질하며 애태우던 그 여학생이 아닌가!

"순임이가 그간 몰라보게 컸구나. 순임아, 인사해라. 참! 우예 되노? 그러니까 집안의 오빠가 되는구나."

그렇다. 그 애 이름이 순임이었다. 수년 간 나 혼자 짝사랑하던 여학생. 그리도 무심했던 그녀가, 새침하게 눈길 한 번 안 주던 그녀가 귀엽게 다가왔다. 내 손등 위에 자기 손바닥을 다정히 겹치며,

"오빠였었어? 반갑네요."

오빠라는 소리에 나는 그만 그 자리에서 졸도할 뻔했다. 그 동안의 속앓이를 생각하면 자신이 부끄럽고 상실감이 너무 컸다. 차라리 그때 내 마음이 아주 지워졌더라면, 이제부터라도 모른 척 오빠로서의 체통을 갖출 수 있었겠지만, 못난 나는 붉어진 얼굴로 속수무책이었다. 아무 잘못도 없이 세상이 무너질 듯 부끄

럽고 창피스러워 쥐구멍에라도 들어가고 싶은 심정이었다.

　세월이 흘러 이제는 모든 것이 옛일이 되고 말았다. 마음도 편안해졌다. 그 옛날 영어 선생님을 졸라 외국 여배우에게 편지를 썼던 일에서부터 집안 여동생을 연모했던 일도 이제는 아름다운 추억이 되고 말았다.

　현관문 여는 소리가 난다. 아내가 외출에서 돌아온 모양이다.

# 술과 인생

대구 효목동 주공 아파트에 거주할 때 일이다. 지금은 재개발되어 엄청난 크기의 고층 아파트 대단지를 이루고 있지만 그때는 엘리베이터도 없는 13평형 5층 서민아파트였다. 나는 3층 305호에 살고 있었는데 그 층이 5층 아파트 중 가장 좋은 층이라 했다.

어느 초여름, 나는 평소 술을 좋아해서 더러 실수를 좀 하는 편이었다. 당시 경북 도청 소속 어느 관청에 근무하고 있었다. 가축 전염병의 검색과 검진, 우유 공장이나 육가공 공장의 축산물 검사를 주 업무로 하는 시험 연구 기관이었다.

거의 매일이다시피 관용 지프차나 업소에서 보내주는 차량을 타고 검진을 다녔다. 달성군 가창면 일대, 화원 또는 멀리 경북 도내 경주, 포항, 안동, 고령 등 젖소 목장이 있는 곳이 주 검진 장소였다. 물론 한우와 돼지도 포함되었다. 지역이 광대하고 하는 일이 위험스럽기도 한 거칠고 황량한 야외에서 주로 사업이 이루어졌다.

하루의 고된 일과가 끝나면 모두 녹초가 되었고 봄, 가을철 현장 집중사업 시기에는 업무량이 많고 열악한 환경에 일손조차 모자라 힘들었다. 고된 출장 업무가 끝나고 나면 동료와 가까운 술집에서 막걸리에 도루묵 안주로 회포를 풀며 세상을 희롱했다.

직장 생활이 하도 따분하고 고달파서 직장을 옮겨볼까도 생각하여 한때 근교의 농촌 지도직과 국가 권력 기관인 검찰 사무직에까지 도전해 보기도 했으나 실패했다.

어느 날 여느 때처럼 한잔 거나히 하고 퇴근 후 밤늦게 아파트로 올라갔다. 현관문이 조금 열려있기에 밤 늦게 오는 나를 위해 그랬겠거니 생각하고 문간방에 들어가서 탁자 위에 웃옷을 벗어 가방과 함께 포개어 놓았다. 얇은 이불까지 깔려 있기에 그대로 누워 곯아떨어졌다.

세상 모르고 자다가 목이 말라 방 안을 더듬어보니 윗목에 물컵이 놓였기에 자리끼인줄 알고 벌컥벌컥 들이켰다. 맛이 좀 이상했다.

새벽이 되자 화장실이 급해졌다. 어두운 채로 욕실 문을 열고 욕실 변기에 주저앉아 용변을 보았다. 문득 집안 분위기가 이상하여 변좌에 앉은 자세에서 엉거주춤 일어나 욕실 문을 열고 바깥쪽 손잡이 가까이에 위치한 스위치를 눌러 불을 켜 보고는 아연실색했다.

걸려 있는 수건과 세면도구 등 내용물이 모두 생소했다. 어찌
된 일인가? 내 집이 아니었던 것이다. 알고 보니 내 집 위층 405
호, 남의 집에 온 것이다.

큰일 났다! 급히 불을 끄고 내가 잤던 문간방으로 도로 가서 불
도 켜지 않은 채 바지를 찾아 주워 입고 가방과 상의를 움켜쥐고
아래층 내 집으로 황급히 내려갔다.

문이 잠겨 있길래 초인종을 두 번이나 누르니 한참 후에 아내
가 잠옷 바람으로 하품을 하며 나타났다. 맨발에 구두를 신은 나
의 몰골을 보더니 깜짝 놀라

"무슨 일 있었능교? 이게 웬일인교?"

"별거 아니다."

설명도 없이 이번에는 진짜 내 집 문간방으로 다시 들어가 탁
자 위에 윗옷과 벗은 바지를 포개어 걸친 후 아내에게는

"술이 덜 깨어 좀 잘란다."

하고는 다시 곯아떨어지고 말았다.

불운은 1막에서 끝나지 않는다. 2막은 아침에 막을 열었다. 평
소 처와 안면 있는 405호 아줌마가 내 양말을 들고 나타난 것이
다. 얼마 전에 위층 아저씨도 나와 비슷한 실수를 저지른 적이 있
었다고 했다.

이야기 도중 전날 인근 병원 비뇨기과에서 진료 중 신장 질환
이나 방광염이 의심된다 하여 그 집 아저씨가 애써 받아둔 소변
샘플이 없어졌다고 걱정을 했다.

"뭐라고? 우웨엑~"

그러나 나는 실토하지 않았다. 그것만은 베일 속에 묻어두고 싶었다. 소리 없이 목욕탕으로 건너가 문을 잠그고 한바탕 토해 내는 것으로 일을 덮었다. 인생이 다 그런 게 아니던가.

# 나이 듦에 대하여

퇴직을 앞둔 나의 공직 시절에는 문서 작성을 PC로만 하던 전자결재 시대는 아니었다. 직원들이 PC를 활용하여 작성한 기안 문서를 만년필이나 사인펜으로 결재하던, 아나+디지(아날로그+디지털) 시대에 공직을 마친 그야말로 구세대였다.

PC를 못 다뤄 의회 문답장에서 추가 질문을 받으면 구두로 우선 답변했다. 그리고 추가 답변 자료를 급히 작성하려 하면 필기구 잉크가 잘 안 나오거나, 잘 나오면 또 준비할 답변이 궁해지기도 했다. 하는 수 없이 회기 중에는 뒷자리에 소속 타자요원을 대기시켜 놓았다. 답변 내용을 내가 구두로 말하면 직원이 입력해서 출력해 주는 대로 답변을 하곤 했다. 그야말로 구세대 신구병립 세대 중 꼰대 세대였다. 오죽했으면 시장님 특별지시로 간부들을 PC 교육까지 시켰을까?

한동안은 정보화 담당관을 교관으로 해서 방과 후 1~2시간씩

실 국·과장을 대상으로 PC 교육을 시키고 참여미달자는 좌천시키겠다고 엄포를 놓고 시험까지 치르게 하기도 했다.

요즘 젊은이들이 전철 안에 서서 한손으로 조작하는 폰의 카톡 솜씨를 보면 격세지감을 느끼곤 한다. 가늘고 날씬한 두 손가락을 재빠르게 놀려, 엄지손가락으로 조작하여 귀신같이 카톡 하는 걸 보면 신기하고 부럽기까지 하다.

나는 우둔한 데다 손가락 마디까지 굵어서 그나마 한 문장 보내는데 시간이 엄청 걸린다. 게다가 오탈자가 다반사다. '저녁은 먹었어요' 친다는 게 '저년은 먹었어요'가 되기도 한다. 젊은이들의 디지털 시대에 안 지려고 노력해 봐도 한계가 있나 보다. 이제 더 이상 내 세상은 아닌 듯하다.

누구 말마따나 아침에 일어나면 '어젯밤으로부터 부활했다'는 서글픈 농담으로 쓸쓸히 웃고 있다. 불지 않으면 바람이 아니고, 늙지 않으면 사람이 아니고, 가지 않으면 세월이 아니라는 말에 공감한다. 늙었다고 웃음이 멎는 것이 아니라, 웃음을 멈추었을 때 늙는다는 말에도 백번 동의한다.

팔순이 되니 주위에 가까이 있던 친구가 하나둘 사라져간다. 들리는 소식은 온통 슬픈 소식뿐이다. 더러는 재생불능인 엉치뼈를 다치고, 가슴과 허리 통증으로 숨도 제대로 못 쉰다고 한다. 얼마 전까지만 해도 동네 우체국에서 우편물을 분류하고 택배 업무도 했었는데 사고 후 경과가 좋지 않아 요양병원에 입원했다고 한다.

요양병원에서도 걱정스러운 이야기가 들려온다. 입원할 때 수속약관을 제대로 확인 못 하면 마음대로 퇴원도 안 되고, 병원 임의대로 진료나 치유가 부정적인 방향으로 이뤄질 수도 있다고 한다. 다소 금전적인 여유가 있는 환자는 예외이겠으나 대부분의 경우 우울한 말로를 맞게 된다는 것이다.

옛말에는 무소식이 희소식이라지만 요즘은 아니다. 궁금하면, 간혹 마실 나간 마누라에게도 '살아 있나?' 라는 말로 안부를 묻는다.

며칠 전에는 별생각 없이 창밖을 내다보려고 앞 베란다로 나가다가 전면이 유리창인 줄 모르고 들이받아 눈탱이와 코를 깨는 바보 같은 짓을 했다. 순간 눈에서 천둥 번개가 치고 왼쪽 눈탱이에 시퍼런 피멍이 들었으나, 비명 소리조차 제대로 내지 못했다. 유리창이 비교적 튼실해서 안 깨어졌기에 다행이지, 깨어졌다면 대형 사고로 이어질 뻔하지 않았는가. 아무도 보는 사람이 없었기에 망정이지, 누가 그 장면을 보기라도 했다면 얼마나 바보스러웠을까?

수시로 발에 쥐가 나고 다리가 겹쳐져서 넘어질 뻔한 일도 있다. 소뇌에 이상이 생겼는지 당연한 노쇠의 전조 증상인지 모르겠다.

간간이 아들의 안부 전화가 오면 고맙다. 그러나 통화 중 갑자기 '아빠 나중에 할게요. 끊어요!' 할 때는, 지 마누라 왔을 때다. 내 쪽에서 정작 통화 한번 길게 할라 치면 화제가 궁하다. 하기 싫은 말을 해야 할 때는 힘들고 서럽다. 돈 있으면 시간 없고, 시간 있어 만나고 싶은 사람 있으면 돈이 없고, 용돈 생겨 돈 있고 시간 있을 때는 이미 건강이 물 건너갔다고 하는 말이 빈말이 아닌 것 같다.

기억력도 오락가락하니 실수할까 봐 사람 만나기도 겁이 날 때가 있다. 남자는 몸으로 늙고, 여자는 얼굴로 늙는다고 했던가? 서로가 기억이 가물가물하니 어느 날 아내가 나를 보고 '아저씨는 누구세요?' 할까 봐 걱정이다.

날숨 한 번 뱉었다가 들이켜지 못하면 그 길로 사망하고, 하늘에서 떨어지는 새똥 하나 피하지 못하는 게 미물인 인간이거늘 이 일을 어찌할꼬!

스탠퍼드대 졸업식 축하 연설에서 '죽음을 기억하고 운명을 사랑하고 오늘에 충실하라'는 내용으로 연설한 애플의 창시자 스티브 잡스의 말에 의하면 죽음은 삶이 만든 최고의 발명품이라고 한다. '죽음이 없었으면 나는 실패한 인생을 살았을 것'이라는 연설의 의미도 예사롭지가 않다.

그는 타고난 두뇌와 활달한 사업수완으로 단기간에 세계적인 저명인사가 되고 엄청난 부를 쌓았지만 췌장암이라는 누구나 걸릴 수 있는 병마 앞에서는 무릎을 꿇었다. 기껏 생명을 연장시키기 위해 설치된 기계에 매달린 채 삶을 확신할 수 없는 의료진에 몸을 맡길 수밖에 없었던 이 시대의 아까운 천재가 아니었던가.

삶이란 다시 올 수 없는 단 한 번의 여행일는지도 모른다. 우리는 지금 얼마나 소중한 시간을 보내고 있는지 얼마나 가슴 뭉클한 시간 통장을 비우고 있는지 모른다.

시계는 살 수 있어도 시간은 살 수 없다. 어제는 역사이고, 내일은 미스터리이며 오늘은 선물이다. 나는 오늘도 사랑하는 지인들이 기쁨과 감사와 행복의 소유자가 되기를 친구로서 축복한다. 활기찬 젊음은 자연의 현상이겠지만 아름다운 노년은 각자의 예술작품이 아니겠는가.

# 해후

　　며칠 전 K한테서 연락이 왔다. 내일 12시에
서울 사는 안 박사와 점심을 같이하자며 시간을 비워 놓으라고
한다. 안 박사는 지병인 파킨슨병 증상이 심해 거의 두문불출하
고 있는 상태인데 친구들을 보고 싶어 한다기에 K가 자리를 만들
어 몇 사람 친한 벗들과 점심이라도 같이하려 한다는 이야기다.
거동이 불편한 줄은 진즉에 알고 있었으나 마음까지 그렇게 심약
하고 불편한 줄 몰랐던 내가 미안하여 그러마고 약속을 했다.

　　안 박사는 나와 같은 학과를 졸업한 후 내가 학훈 장교로 군필
하고 향촌동 막걸리 골목을 전전할 무렵 그의 소개로 들어간 첫
직장에서 같이 근무 중 모교 교수의 추천으로 AN연구소에 입청
하였다. 영국에서 박사 학위를 받은 후 연구소의 골수 연구원으
로 오로지 시험 연구에만 몰두해 온 병독학계의 실력자였다. 연
구소장 자리도 사양하고 오직 병독과에 남아 국내 굴지의 병독학

자로 입지한 자랑스러운 친구이던 그가 만년에 자신의 병에는 어쩔 수 없이 혼자 몸을 가누지 못할 정도의 중환자가 되어 있었다.

대구 근교에 누나가 살고 있으나 자형과 집안 식구에게 폐가 될까 봐 염려되어 서울 자택에서 계속 머물렀다. 그러던 중 친구들이 보고 싶다고 승합차를 마련하여 두 아들의 부축으로 대구까지 장장 6시간에 걸쳐 먼 길을 온 것이었다.

안 박사의 쇠잔한 모습과 힘들게 짓는 미소를 보니 우리는 잠시 코끝이 찡한 반가움을 느꼈으나 두 아들의 부축과 장거리 여행에 지친 그를 보는 우리의 마음은 숙연해졌다. 어쩌면 마지막일지도 모르는 친구와의 해후를 위해 그렇게 힘든 여행을 마다 않고 찾아와 주었구나.

힘겹게 점심을 같이한 후 친구와 일일이 눈맞춤을 하고 일어서는 그를 보며 모두 마음 속에 스며드는 안타까움을 억제하기가 어려웠다. 그사이 우리의 세월이 그렇게 많이 흘렀던가?

재임 중 그의 주선으로 FSIS(식품안전검사) 관련 관비교육을 받고자 텍사스 A&M(農工) 대학교에서 2개월 간 직무 연수를 할 기회가 있었다. 그 장소에서 우연한 기회에 텍사스시 정치인과 시민 대표들과의 공청회에 참석하게 되어 여러 가지 좋은 강연을 듣게 되었다. 그 장소에서 들은 삶에 대한 내용이 감명 깊었다. 내용은 이러하다.

"바람 부는 날 연날리기를 하면 재미가 있다. 실패에 감긴 줄을 당겼다 밀었다 하면서 연줄을 풀어주면 연은 바람를 거슬러 창공으로 날아오른다. 바람이 셀수록 연은 바람에 질세라 더욱 앙탈을 부리며 창공을 높이 날아오른다. 연은 무얼 믿고 그런 용기와 배짱이 생겼을까? 바로 연을 날리고 지탱하게 해주는 연줄이 있기 때문이다. 연은 연줄을 믿고 끝없이 높이 창공을 날아 오르는 것이다. 바람과 연은 연줄의 한계에 이르기까지 이렇게 서로의 조화를 이루어 끝없이 바람을 거슬러 창공을 날아오른다.

그러나 무슨 사고나 피치 못할 원인으로 연줄이 끊겼을 때 그 연은 어떻게 될까? 바람의 상태에 따라 멀리 또는 가까이 흔들리다가 곧장 곤두박질치고 드디어 떨어지고 말 것이다.

우리의 삶과 인생도 이러하지 않겠는가? 어릴 때는 태어난 자신과 가정의 후원으로 인해 순풍에 돛단 듯 입신한다. 그러나 어느 순간 자신을 받쳐주는 연줄만 믿다가 자신도 모르게 연줄이 끊어지는 불행한 일이 있을 수 있다.

우리 스스로가 튼실한 연줄이 되어 있을 때도 있다. 그 연줄이 다음 세대를 날아 올리는 원동력이 되지 않을까? 이렇게 언젠가는 바람이 세차게 불다가도 약하게 또는 무풍의 지경에 이르더라도 능히 감당하고 견딜 수 있는 삶의 자세와 무장이 필요하지 않겠는가? 언젠가 다할 연줄의 마지막을 염두에 두고 후대를 가르치고 대비하면서 살아가는 인생이어야 하지 않겠는가?"

안 박사와의 해후는 많은 것을 깨닫게 했다. 우리는 그동안 너무나 각박한 인생을 살아왔고, 지금도 그렇게 살아가고 있는 것 같다. 왜 그렇게 누가 뒤에서 잡으러나 오듯 각박하게 뛰어왔던 가? 삶이 그렇게 만들었던가? 무언가 제대로 이루지도 못하면서 마음만 그렇게 조급했던 게 아닌가?

한때는 뒤도 돌아보지 않고 곧장 앞으로만 직진하는 것이 정 도正道인 줄 알았다. 그런데 지금 생각해 보니 그게 모두가 아니 었다. 더러는 옆도 돌아보고 잠시 멈춤의 시간과 지혜도 필요하 지 않았던가? 더러는 다른 사람의 길도 참고로 하고 비교도 하면 서 가는 것이 현명한 삶의 길이었으리라.

나 역시 때로는 사람이 고플 때가 있다. 그 고픔을 달래기 위해 이웃과도 어울리고 품으려 하지만 어느덧 하나둘 내 곁을 떠나려 하지 않는가.

우리의 식사는 조용히 이루어졌다. 친구 몇 명이 정성껏 마련 했지만 안 박사는 식사를 거의 못 했다. 두 아들이 이것저것 권했 으나 음식은 좀체 줄어들지 않았다. 식사가 끝나 우리는 한 사람 씩 깊게 포옹했다. 하룻밤 대구 근교의 누나 집에 머문 후 서울로 올라간다고 했다. 말은 안 했지만 우리 모두 오늘의 해후가 마지 막이 될지도 모른다는 생각에 잠겼다. 헤어지는 우리의 가슴속에 는 희미한 그의 미소만 남았다.

# 자이언트

       오랜만에 안방극장에서 고전영화를 한 편 보았다. 1957년에 개봉된 〈자이언트〉라는 영화이다. 조지 스티븐스 감독의 서부극인데 미국의 역사와 세대 간의 갈등, 그 시대 인종차별에 대한 반대론적인 작가의 견해 설정이 돋보였다. 박경리 작가의 대하소설 『토지』를 연상케 하는 부분이 많았다. 반항아의 대명사 제임스 딘의 마지막 유작遺作이기도 하다. 200분이 넘는 분량이다.

  영화는 미 서부 텍사스의 방대한 토지 소유주인 빅 베네딕트가 종마種馬를 구하러 버지니아주의 린튼가를 방문하면서 시작된다. 이곳에서 빅은 린튼가의 딸 레슬리와의 첫 만남에서 사랑에 빠져 결혼하게 된다. 결혼 후 긴 열차여행 끝에 레슬리는 텍사스의 방대한 남편의 농장을 보게 되고 놀라워한다. 그러나 곧 빅의 조수 격인 미천한 신분의 제트 링크가 레슬리에게 접근하여 말을 걸어오고, 친절히 지역 안내를 한다. 그러는 가운데 그는 레슬리에게 연정을 품게 된다.

어느 날부터 레슬리는 멕시코인의 가정방문과 질병치료 등 봉사활동을 병행하다가 하위계층에 대한 돌보미를 자청한다. 새로 들어온 레슬리라는 안주인으로 인해 자신의 권위가 흔들리기 시작하자 내심 불쾌해하고 있던 빅의 누나 루즈는 빅이 사온 사나운 종마를 몰래 타다가 그만 낙마사고로 사망하게 된다.

제트에게 연민의 정을 느꼈던 루즈의 사후 공개된 유언 내용은 제트에게 상속지분으로 목장 변두리에 작은 자기의 땅을 남긴다는 것이었다. 루즈가 제 몫의 땅을 제트에게 물려준다는 유서를 남긴 사실을 안 빅은 땅을 되사려 하지만 제트는 완강하게 거부한다. 하루라도 빨리 텍사스를 떠나고 싶어 하던 제트도, 드디어 그 불모의 땅에 자기만의 농장 개설을 구상한다.

어느 날 레슬리가 제트의 거소를 방문 중 비 온 뒤 진흙 땅에 생긴 구두 발자국에서 우연히 유징油徵을 발견한다. 제트는 그 땅에서 석유가 생산되어 막대한 부富를 쥐게 된다. 그러나 제트는 부가 쌓일수록 레슬리에 대한 열정이 솟구쳐 괴로워한다. 빅에 대한 열등감과 레슬리에 대한 열망으로 돈은 모았으나 마음은 허물어져 술로 달래어도 채워질 수가 없다.

그 무렵 전통적인 가치관으로 광활한 목장을 경영하고 소만 키우던 빅도 3대에 걸친 가족사와 사회적인 변천에 따라 마음의 변화가 오기 시작한다. 아무리 애써도 뜻대로는 되지 않는 인간관계와 삶, 멕시코인과 결혼해 혼혈아를 낳고, 사방에 만연한 인종차별에 격분하는 집안의 맏아들 조던을 보고 빅은 고민하게 된다. 백인 아기와 혼혈 아기가 나란히 누운 손주의 요람을 보고 빅은 씁쓰레한 웃음을 짓는다.

대를 이어야 할 장남은 목장주 아닌 의사醫師를 고집하며 멕시코계 유색인 하층계급의 딸과 결혼하고, 장녀 또한 아버지의 목장 상속을 거부하고, 사위와 같이 자기들만의 소규모 목장 경영을 고집한다. 딸 러즈의 헐리우드 진출 선언으로 베네딕트가는 더욱 변화의 쓰나미에 휩쓸리게 되었다. 이렇게 노동자 제트 링크와 유복한 빅 베네딕트, 대비되는 두 캐릭터의 삶과 사랑, 좌절, 희망을 그림으로써 당시 미국의 현실과 이상이 맞물린 작품이 바로 〈자이언트〉이다.

영화는 못 배우고 가진 게 없던 노동자 제트 링크와 유복한 빅 베네딕트와의 극단적인 캐릭터 설정으로 줄거리의 틀을 이어가게 된다. 이로써 미국의 역사 또한 두 캐릭터의 대비와 같이 서로 부딪치고 또는 화해하면서 발전한 결과 자유민주주의를 번영시킬 수 있었음을 암시하는 것 같다. 영화 〈자이언트〉는 미국 역사의 한 단면을 이렇게 멜로 드라마 형식을 빌려 이야기한 듯하다.

일개 카우보이에서 온갖 난관을 극복하고 얻은 자투리땅을 개척해 석유를 퍼냄으로써 재벌이 된 제트도 미국인의 한 모습이고, 서부 개척 시대에 이미 엄청난 땅을 소유하며 보수적인 가치관을 가지고 살아오다가 점차 새로운 시대에 적응해 가는 빅도 미국인의 전형이다.

　남의 목장에서 허드렛일을 하면서도 빅이 제안한 거금의 현금도 마다하고 받은 자투리땅이 카우보이의 독특한 승부근성으로 드디어 유전 개발로 대박이 났다. 갑자기 대재벌로 변신한 제트 링크도, 서부 개척 시대의 대규모 농장을 이미 소유한 빅 베네딕트도 전형적인 미국인의 모습, 두 얼굴의 미국이라 할 수 있겠다.

　미국 땅의 거대함과 함께 자이언트(빅 베네딕트/ 제트 링크)는 한때 미국 영화를 주도한 〈자이언트〉의 두 얼굴로 조화되어 인종 전시장 같은 미합중국, 특히 백인 우월국이지만 버락 오바마와 같은 흑인 대통령이 선출되는 나라임을 상징한다 함이 설득력이 있겠다. 영화 내용을 꼼꼼하게 보면 제목으로 쓰인 '자이언트' 라는 거인은 제트 링크 같기도 하고 빅 같기도 하지만, 결국은 '미국'이라는 강대국을 상징하는 것 같다.

2부

# 내부 도둑

# 기회

'기회는 앞에서 붙잡아야 한다'는 말이 있다. 소를 뒤에서 잡아야 하는 이유는 소 머리에 날카로운 뿔이 있기 때문이고 기회를 앞에서 잡아야 하는 이유는 기회의 뒤에는 잡을 꼬리가 없기 때문이라고 한다.

제대 후, 나의 첫 직장은 경북도의 모 시험 검사 기관이었다. 친구의 권유로 그곳에서 수년간 임시직으로 근무하면서 고민을 많이 했다. 친구가 안양 연구소로 직장을 옮긴 후 혼자 남은 나는 관청 계통의 여러 곳에 시험도 치르고 여러 직장을 모색했으나 마음에 차지 않아 마지막 수단인 가축 병원 개업까지 생각하게 되었다.

그러나 50여 년 전인 그때의 형편으로는 개 고양이 등 덩치가 작은 동물에는 세간의 관심이 없던 시절이었다. 먹고 살기 어려운 시절이라 주로 소, 젖소, 돼지 등 큰 동물에 매달리던 시기였다. 당시의 상황으로는 수의사가 개업을 하려면 도시의 근교 농업 지역을 제외하고는, 큰 동물들이 많은 농촌 지역으로 파고 들어가야만 했다. 지금의 작은 동물(애완, 반려 동물 등) 위주인 수의獸醫 조건과는 매우 다른 개업 환경이었던 것이다.

그 무렵 내가 근무하던 가축 위생 시험소가 본소의 업무 확장으로 인해 안동에 북부 지소를 발족했다. 본소에서 같이 근무하던 1년 차 후배 동료와 같이 자원하여 동시 발령을 받아 지소 창설요원으로 근무하게 되었다

발령과 동시에 여러 가지 업무 환경에 변화가 일어났다. 우선 신설 관청으로 옮길 준비부터 바빴다. 아침 일찍 칠곡군 학정동에 있는 본소에서 며칠 전부터 준비해 온 트럭 한 대 분량의 분가용 이삿짐을 꾸려 가면서부터 드디어 본소와는 멀어지게 되었다.

오후 3시경에 관청 건물이 신설된 안동시 용상동이란 객지에 도착했다. 낙동강 상류 언덕 밑 도축장 옆에 위치한 황량한 신축 건물에 막상 도착하니, 우선은 반가웠다. 싣고 온 개인 짐부터 일단 내려놓고 보니 정규직이 된 것은 다행이었으나 근무를 위해 앞으로 해야 할 일들이 아득하게 느껴졌다. 간편 복장으로 갈아입은 우리들은 급히 트럭으로 실려 온 시험, 검사 기자재 등 장비를 내려 정비하여 비치하고 당장 들어올지도 모르는 민원에도 대비해야 했다.

거의 보름 가까운 기간 동안 세월 가는 줄 모르고 본소에서 준비하여 싣고 온 각종 기자재를 시험 연구실에 배치 정리하고 나

니 허리가 휘는 듯했다. 정규직이 되었다는 자부심 하나로 배정된 고유 업무와 병행하여 외부의 부대 업무들을 처리하고 돌아와서는 사무실 정비, 배치와 잡일들을 계속해 나갔다.

잠은 숙직실에서 해결하였다. 인근에 식당도 없는 용상동 하천 옆인지라, 마침 지소장이 시험실 직원으로 고용한 여직원의 도움으로 시험실 내에서 자체적으로 식사를 해결하곤 했다. 외롭고 고달픈 나날이 계속되었다.

달포 가까운 세월이 흘러가자, 지소 사무실과 시험실의 내, 외형이 어느 정도 정리되어 가축병원이 의뢰한 각종 가검물을 검사, 분석하게 되었다. 안동 유 처리장으로부터 과정별 검사와 출장 검사가 병행되고, 안동 시청 등 유관 기관과 왕래가 정상화되었다.

지소가 어줍잖은 시설의 빈약한 관청이었으나, 엄연히 도청 기관이었으므로 안동시도 우리 업무 편재상으로는 하부 기관이었다. 지소장 추천으로 새로 들여온 여직원이 시험실 청소와 취사 업무를 맡게 되어 다행이었다.

퇴근 시간 이후에는 달리 갈 데도 없어 동료와 바둑을 두거나, 새로 고용된 건물 관리인과 함께 고스톱을 치며 무료한 시간을 보냈다. 휴일에는 번갈아 대구 자택으로 가거나, 아니면 지소 가까이 흐르는 낙동강 상류인 '선어대'로 가서 천렵(물고기잡이)으로 소일하곤 했다.

이렇게 의미 없는 세월이 오래 흐르다 보니, 서서히 시험소에

회의가 느껴지기 시작했다. 지역이 멀어 상부 관청의 간섭이 없어 편했으나, 앞으로의 나의 진로가 불투명해지고 장래가 걱정되기 시작했다. 때마침 시내 '경안 동물 병원' 원장과 업무 왕래로 친하게 지나면서 개업 권유를 받게 되었고, 개업 지역까지 낙점하기에 이르렀다.

　마음의 준비를 내린 얼마 후 나에게 뜻밖의 기회가 다가왔다. 도청 담당 과장으로부터 내일 아침 도청으로 들어오라는 연락이 온 것이었다. 내용을 알아보니, 장인어른과 동문수학한 법대 동문의 친구가 마침 경북도의 담당 국장이었다고 했다. 맏사위의 형편을 배려하여 해당 과에 자리가 빈 틈을 타서 과장에게 나를 추천해 보라고 지시한 것이었다. 나로서는 행운의 기회였다. 설레는 마음으로 밤을 밝혔다.

　다음 날 아침 일찍 직행 버스로 도청 소관과가 있는 본관 4층에 올라가니, 과장이 반갑게 맞으면서 다음과 같은 제안을 하는 것이 아닌가.

　"이 계장! 객지에서 고생이 많았지요? 국장님 말씀 들었는데, 여기는 알다시피 일거리가 많아 맨날 야근해야 하고 신경이 많이 쓰이는 부서예요."

　기왕 고생했으니 조금만 더 기다리면 다음 기회에 좋은 부서로 옮겨줄 터이니 이번 본청 자리는 사양해 달라는 취지였다. 나는 순간 그것이 함정임을 직감했다. 과장은 자신의 상사 부탁을 거절하기 거북하여 나를 꾀고 있음이 분명했다.

나는 묵묵부답으로 그의 제안을 거부했다. 기회는 앞에서 잡아야 한다지 않던가. 기회의 뒤에는 잡을 꼬리가 없다고 하지 않던가.

덕분에 얼마간은 상사의 따가운 눈총을 감수해야만 했다. 그러나 기회는 내 편이었다. 도청에서 파란만장한 눈칫밥을 먹은 끝에 영일군 축산 과장으로 발령받아 사무관으로 진급했다. 그후 기회의 여신은 다시 한번 내 손을 들어 주었다. 경북도와 대구시의 여러 관련 부서를 두루 거친 후에 드디어 대구광역시 농정업무의 총괄 책임자로 발령을 받아 소신껏 나의 역량을 펼칠 수 있게 되었다.

지금도 가끔 생각한다. 기회는 행운인가? 준비인가? 그때 내가 만일 도청 과장의 제안을 받아들였다면 나의 진로는 과연 어떻게 되었을까? 전, 후 사정도 모르는 나의 동기생들은 나의 승진을 부러워했다.

"친구야! 축하한다. 자넨 정말 행운아다. 보통 예하 구청이나 군에서 광역시 본청으로 진입할 때는 한 계급 강등 입청이 상식이거늘, 자네는 오히려 입청하자마자 바로 진급했으니, 보통 재주가 아닐세! 상사에게 엄청 잘 보였나 보네. 도대체 누구 빽인가?"

# 내부 도둑

내가 십 대 때 어머니가 범어동에서 백여 마리 양계를 한 적이 있었다. 1960년대였으니 지금처럼 기업식 양계는 아니었고, 넓은 마당에 닭을 풀어놓아 기르는 평사식 양계였다. 계사 한구석에는 각목으로 암탉 침대인 홰를 설치하였고, 벽에는 알 상자를 붙여서 채란採卵을 했다. 계란값도 후했고, 계분鷄糞값이 특히 좋아 짭짤한 부수입이 되었다.

어머니가 시작한 이 양계업에는 거의 온 식구가 매달리다시피 했다. 나는 아버지와 같이 수성동 제재소에서 구입한 각목과 송판을 범어동까지 리어카로 싣고 와서 닭장용 홰와 산란통을 만들었다. 철물점과 건재상에서 낡은 두루마리 철사와 방수용 지붕 덮개인 루핑 등을 구해와 계사 철망을 직접 그물 얽듯 손으로 일일이 짜기도 했다. 그 굵고 낡은 철사 줄을 종일 만지다 보면 손이 하루도 성할 날이 없었다.

그뿐인가. 당시는 지금처럼 배합사료가 없어, 닭 모이용 혼합 사료를 직접 만들기도 했다. 밀기울, 당가리라 불리는 쌀겨 사료와, 개울 건너 계남이네 엿도가에서 구입한 엿밥 등이 주 사료였다.

또 겨울에는 닭이 감기 걸리지 말라고 만촌동 술도가에서 구입한 술찌기와 시장 어물전에서 양철통으로 파는 생선 대가리, 뼈, 내장 등을 큰 양은 대야에 넣어 부글부글 끓여 배합하기도 했다. 냄새가 고약했으나, 닭을 위한 일이라 꾹 참았다.

그리고 시장 채소전에서 헐값으로 대량 구입한 배추, 무 잎 등 푸성귀를 잘게 썰어, 목장갑을 끼고 다른 사료들과 골고루 섞어 비벼서 혼합 사료를 만들었다. 네모난 나무 사료통에, 커다란 쇠주걱으로 혼합물을 섞어 비비다가 덩어리 사료는 손으로 잘게 부수곤 했는데, 내용물의 가시에 찔리면 굉장히 아팠고, 통증도 여러 날 갔다. 특히 왼쪽 엄지와 검지손톱 끝은 성한 날이 없었다. 생인손이 생겼을 때는 그 통증이 더욱 심했다. 그 흔한 고무장갑도 없던 초라한 시절이었으니.

여름에는 닭들의 보신을 위해 개천으로 개구리를 잡으러 나갔다. 어쩌다 물뱀으로 불리는 초록색 너불래기를 만나면 혼쭐이 났다. 뱀이란 하루에 열 번 봐도 열 번 다 공포스러웠다. 이렇듯 힘든 노동의 대가로 우리 집 양계업은 그런대로 자리를 잡아가고 있었다.

문제는 이 사업에 두 명의 내부 도둑이 있었다는 점이었다. 바로 나와 남동생이었다. 사실 당시는 너나없이 먹고 살기도 힘든 때라 언감생심 부모에게 용돈을 기대하기가 어려웠다. 그러나 그때 우리로서는 한참 감수성이 예민한 때였다. 공부도 해야겠지만, 나팔바지 다려 입고, S.M 다니는 여학생과 삼송빵집에도 가고 싶은 나이였으나 딱히 아르바이트 자리도 없었으니 궁리 끝에 기껏 생각해 낸 것이 집 안에 있는 계란 도둑질이었던 것이다.

어느 날, 남동생이 닭장에서 몰래 계란을 꺼내, 남쪽 가죽나무 밑돌 더미 속에 너댓 개 숨겼다가, 외출할 때 코트 주머니에 넣어 골목 끝 영아네 구멍가게에 팔아 쓴 일이 발생했다. 그런데 그만 영아네 엄마로 추정되는 제보자로 인해 범행 현장에서 어머니에게 발각이 되고 말았다. 혀가 물리도록 두들겨 맞고, 집 안에서 쫓겨났다. 그 시대의 미국 애들 같으면 집 안에 가두는 것이 벌이었겠지만, 우리네 정서로는 집에서 쫓겨나고, 대문 걸어 잠그는 것이 최악의 벌이었다. 동생 대신 내가 손을 싹싹 빌면서 용서를 구하고 동생 또한 겨우 눈물로 용서를 받았다. 그런데 몰라 그렇지, 진짜 못된 도둑놈은 나였던 것이었다.

나는 동생처럼 계란 몇 개 숨겨 팔아먹는 쫌보가 아니었다. 어머니는 계란을 30개들이 알 상자인 난자卵藉에 담아 큰방 왼쪽 다락에 차곡차곡 쌓아 올려뒀다가, 매주 두 번씩 오는 계란 장수 박씨에게 거래 정산을 했다. 간혹 출타할 때는 나한테 그 일을 맡기곤 했으니, 그야말로 고양이한테 생선가게를 맡긴 셈이었다. 나는 그 다락이 2층 구조인 사실을 이미 알았었고, 어머니는 키가 작아 그 위층을 볼 수 없다는 사실도 파악하고 있었다. 나는 대담하게도 위층에 1~2난자씩 내 계란을 따로 모아 박 씨가 올 때 시세대로 돈을 받아 챙겼다. 용돈 조달에 큰 보탬이 되었음은 물론이다.

세월이 흘러 어머니도 연로하고, 범어동 지역이 도시화 되고 설상가상으로 장마로 인해 우리 집 담장이 무너지는 사고가 발생하여 양계업은 흐지부지되고 말았다. 나 또한 도둑의 비밀을 지닌 채로 대학을 가고, 취직을 하여 양계로부터 멀어져갔다.

퇴직 후 내가 어머니를 모시고 살게 되었다. 아내가 외출하고 어머니와 단 둘이 있을 때면, 문득 그 옛날의 계란 도둑질을 고백하고 싶을 때가 있었다. 동생이 영아네 가게에서 덜미를 잡혀 죽도록 얻어맞은 이야기를 할 때면 실토하고 싶어 입이 근질거리기도 했다. 그러나 나는 참기로 했다. 어머니가 동생의 이야기 끝에는 반드시 나에게 '너야말로 세상에 하나뿐인 성인군자 같은 자식'이라고 추켜세우기 때문이다.

# 인생은 미완성

언제부터인가 우리 집에는 거실 시계와 내 방 시계가 30분이나 차이가 난다. 건전지나 기기에 문제가 있는 것이 아니다. 고의로 내 방 시계는 30분 빠르게, 거실 시계는 정시로 맞춰 놓았다. 나의 게으름 탓이다.

외출 약속이 있을 때면 의례히 30분이나 차이나는 내 방 시계를 보고 여유롭게 준비한다. 어쩌다가 거실 시계를 내 방 시계로 착각하여 약속 시간이 늦어 낭패를 당할 뻔 한 일이 더러 있었다.

아내가 내 방 시계를 거실 시계와 같이 정시로 맞춰 놓는 바람에 지각한 경우도 있었다. 나는 내 허물은 덮어둔 채 마누라만 나무랐다. 내친김에 승용차로 데려다 줄 것을 요구하여 간신히 지각을 면한 때도 있었다.

일찌감치 시간 넉넉하게 일찍 가는 버릇을 왜 안 들였는지 백발로 변한 지금도 못 뉘우치고 있다. 시간에 쫓겨 급히 택시를 잡으려면 그런 날은 희한하게도 택시가 안 나타나거나 큰길 반대편으로만 빈 택시가 지나갔다.

이제는 막역한 친구와는 약속시간을 몇 시에서 몇 시까지로 여유롭게 만나는 방법으로 대처하여 시간에 대한 강박관념을 면하고 있긴 하다. 멀쩡한 정신일 때는 대중교통, 특히 지하철을 선호한다. 역사를 오르내림이 귀찮기는 하나 공짜인 데다 나같이 게으른 사람에게는 운동을 위해서라도 좋은 기회이다. 문제는 못 말리는 나의 느슨함이다. 약속이 있으면 의례히 지하철 시간을 감안하여 미리 준비함이 당연하거늘 왜 항상 늑장을 부려 지각을 하는지 알다가도 모를 일이다.

'습관이 운명'이라는 말은 나 같은 사람을 두고 하는 말이었다. 매사에 게으르고 한 박자 늦는 나는 남들에게 뒤질 수밖에 없는 운명이었다. 천성적인 게으름은 난청과 어깨동무하여 내 인생에도 적잖은 장애를 초래했다.

직장 생활할 때였다. 그때는 범어~경산 간 지하철이 개통되기 전이었다. 버스 막차가 끝나면 어쩔 수 없이 1인당 만 원짜리 경산행 총알택시를 이용할 수밖에 없었다. 아내가 반가운 제안을 해왔다. 들안길 같은 데서 동료와 술을 마시다가 대중교통이 끊겼을 때 연락하면 총알같이 모시러 오겠다는 제안이었다. 어느 날 모임이 있어 들안길에서 친구들과 어울려 술잔을 비우며 시간 가는 줄 모르다 보니 자정이 넘었다. 같은 방향의 친구가 있길래 일전에 아내의 제안이 생각나서 급히 폰을 두드렸다

과연 총알은 아니더라도 생각보다 빨리 술집 앞에 도착했다. 어깨가 으쓱하여 고산 방면에 산다는 그 친구를 뒷자리에 태우고 고산 어느 골목 가까이에 있는 그 집 대문 앞까지 친절히 모셔주었다.

'장가 잘 갔다'는 소리에 흐뭇했으나 공짜는 없었다. 돌아오는 길에 주유소에 들러 '가득!' 하고 말하고는 나를 쳐다본다. 나는 의기양양하여 카드를 내밀면서 폼을 잡았다.

아내는 머리가 좋은 사람이다. 신통하게도 술 취한 나의 거드름을 잘 활용하는 재주가 있다. 천성적인 게으름은 내 인생에도 크나큰 장애를 초래했다.

젊은 날 첫 직장 시험소에서 얼마 동안 임시직으로 근무한 일이 있었다. 고된 업무에 싫증을 느껴 정규 농촌 지도직 시험에 도전해 본 적이 있었다. 시험에 무난히 합격하고도 흥미를 못 느껴 잊고 있었는데, 군위군 농촌 지도소로부터 근무 발령장이 왔다. 어이쿠! 내 저력이 아직 좀 남아 있나 싶어 군위 부임을 취소하고 이번에는 전공과 무관한 국가권력 기관인 검찰 사무직에 도전해 보았다. 시험 결과 교양 과목은 성적이 괜찮았는데 법제대의, 경제대의, 형사소송법 개론 등 문외한인 과목에는 준비가 짧은 데다 과락 제도가 있어 떨어지고 말았다.

응시생들 이야기가 교양 과목 성적만 괜찮으면 전공 과목은 단기간 학원 공부만으로도 충분히 합격할 수 있다고 했다. 자극을 받아 학원에 수강 신청을 하여 열심히 공부하여 관련 모의시험에까지 합격을 했다. 쾌재를 부르며 전공과목 개론을 마스터한 다음 해 3월에 다시 검찰 사무직에 도전하려 하였는데 이게 웬일? 그해부터 시험이 매년이 아닌 격년으로 바뀌어 당해에는 시험이 없었던 것이었다. 더 황당한 문제는 다음 해에는 하필 내 나이가 응시 자격 연령에서 바로 벗어난다는 점이었다. 그때처럼 자신이 원망스럽고 한심했던 적은 없었다.

이에 공부한 것이 너무나 원통하여 내 아들이 태어났을 때 1년 미루어 출생신고하는 우愚를 범하였다 이렇듯 지난날을 돌이켜 보면 내 인생의 실수가 너무나 아이러니하다. 후회와 회한으로 개과천선하기에는 이미 세월이 너무나 많이 흘렀나 보다.

습관이 운명이라는 말은 나 같은 사람을 두고 하는 말이었다. 매사에 게으르고 한 박자 늦는 나는 남들에게 뒤질 수밖에 없는 운명이었다. 당시 첫 검찰 사무직 시험에 당당히 합격한 고교 선배는 승승장구하여, 대검찰청 사무국장(1급 관리관)으로까지 승진과 영전을 거듭하였다. 고시 출신 검사를 제외한 행정직으로는 가장 상위급으로 입신한 분이다.

나는 어떠한가? 끼리끼리 논다고 나처럼 편한 사람만 고르다 보니 그 또한 비슷하게 늦거나 산만하다. 함께 복지관에 다니는 여성 한 분이 우리를 싸잡아 구박하는 말이 걸작이다. 한 남자는 산만하고 한 남자는 게을러서 징글징글하다고. 우리는 동지애를 느끼며 한바탕 웃고, 서로의 미완성을 즐기기로 한다.

# 아버지와 도둑

　　아버지는 경찰관이었다. 8남매 중 셋째 아들로 태어나셨고, 형제들이 모두 불의를 보면 참지 못하여 동네에서도 남산동 3형제에게는 감히 범접을 못 했다고 한다. 막내인 아버지는 3형제 중 가장 합리적인 분이었다고는 하나 당신의 뜻이 반영되지 않으면 곡괭이로 방 구들을 뚫을 정도로 화도 내셨다는데, 나는 정작 살아오면서 아버지의 그러한 모습은 보지 못했다. 내가 보기에는 상남자였지만 정작 어머니한테는 힘을 못 쓰고, 우리에게는 따뜻하고 자상한 분이었다.

　　아버지는 술, 담배를 많이 했다. 어쩌다 술에 취해 들어오면 지갑이 빌 때까지 우리의 요구를 흔쾌히 들어주었다. 한때 어려운 시기에 친구에게 떼인 돈을 받으려 호기 있게 찾아갔다가 어려운 그의 형편을 확인하고는 되려 쌀을 한 말 마련해 주고 왔다는 에피소드도 있다.

한편으로는 좋았던 시절이기도 했다. 다른 집에서는 꿈도 꿀 수 없는 크리스마스 트리도 집 안에 장만하여 솜과 별을 달고 양말에 미제 초콜릿 사탕 과자를 담아 걸어 두기도 했다.

더러는 미제 물품 배급이 들어왔었는데, 어머니가 버터를 좋아하여 밥 비벼 먹으니 고소하고 좋았다. 버터 덩어리 같은 '치즈'가 무엇인 줄 몰라 '꼬린내' 나서 상했다고 통째로 내다 버린 일도 있었다.

중학 시절 어느 초겨울로 기억된다. 한밤중 집안에 도둑이 들어 아버지가 나를 데리고 도둑 잡으러 나간 적이 있었다. 귀 밝은 어머니가 누가 집에 들어온 것 같다고 곤히 주무시는 아버지를 깨웠다. 아버지가 주무시다 말고

"경찰관 집에 도둑이 들었다고? 그럴 리가!"

하며 그냥 자자고 했다. 그래도 어머니는 도둑이 든 것 같다고 우기며 나까지 깨워 손전등 들고 집안 순찰을 돌게 했다. 별 이상이 없었다. 나도 아버지를 따라 방에 들어왔는데 어머니가 다시 한번 나가보라고 등을 떠밀었다. 어쩔 수 없이 아버지와 나는 다시 밖으로 나갔다. 얇은 송판으로 이은 목조 담장 쪽의 부엌 뒷문이 열려 있는 것이 보였다. 무심코 좌측 문고리를 앞으로 당기자 문 뒤쪽에서 무엇인가가 화다닥 튀어나왔다. 변소 쪽으로 달아나더니 뒤 담장을 넘어 바깥에 '쿵~ 퍼덕~' 하는 굉음을 내며 무엇인가가 떨어지는 둔탁한 소리가 났다.

순간적인 일이라 너무 놀라 뒤로 넘어졌다. 엉덩방아를 찧으

며 도둑이야!를 외쳤고, 아버지는 대문을 박차고 밖으로 뛰어나갔다. 순식간에 일어난 일이었다. 나도 따라 나갔지만 도둑은 이미 흔적이 없고 내 다리만 후들거렸다. 아버지가 손전등을 주시며 방천시장 쪽으로 빨리 쫓아가 보라고 했다. 나는 손전등을 좌우로 비추며 몇 발짝씩 조용히 뛰어갔다.

숨을 몰아쉬며 돌아보니, 언제 오셨는지 아버지가 팔짱을 끼고 빙그레 웃고 있었다. 나는 좀 부끄러웠다. 솔직히 도둑과 마주칠까 두려웠던 것이다. 도둑이 갑자기 몸을 돌려 칼이라도 쑥 내밀면 어쩌나? 덩치 큰 도둑이 덤비면 이길 수 있을까? 아버지도 내 신변을 염려하여 멀찌감치 내 뒤를 밟아 왔나 보았다. 아버지는 처음부터 도둑을 잡기보다 도둑에게 경고를 준 듯했다.

당시는 너나없이 먹고 살기가 어려워 생계형 도둑이 많았다. 부엌에 들어와 밥을 훔쳐 먹기도 했고 마당에 널어놓은 옷가지를 훔쳐가기도 했다. 부엌에 숨어든 도둑도 그런 도둑일 것이 분명했다. 운이 나쁜 도둑이었으리라. 오죽하면 경찰관 집에 숨어들었겠는가. 그날 밤 나는 아버지에 대한 존경심이 차올라 뜬눈으로 밤을 새웠다. 그 일 이후로 우리 집에는 다시 도둑이 드는 일이 없었다.

퇴직 후 아버지는 대봉동 옛집에서 내가 살고 있는 아파트 근처로 이사를 왔다. 얼마간은 어려운 점도 많았다. 마당 넓고 경관 좋은 단독 주택에서 수목원 못지않게 꽃밭을 이루며 사시다가 답답한 아파트 생활을 하다 보니 불편한 점이 한두 가지가 아니었

다. 무엇보다 난방조절기 조작이 생소하여,

"보일러가 고장 나서 얼어 죽겠으니 빨리 와 봐라."

새벽 3시에 전화를 해와 불려간 일도 있었다. 세월이 흘러 이제는 두 분 모두 고인이 되고 나니 내 마음 붙일 곳이 없어 허전하기 이를 데 없다. 아버지가 놓아준 그 도둑은 지금 어디서 무엇을 할까.

# 신권주가

대학 시절에는 술을 참 많이도 마셨다. 그때는 주로 탁주(막걸리)를 마셨는데 지금 생각하면 무슨 맛인 줄도 모르고 철없이 마셔댔다. 쭈그러진 양은 주전자에 술을 부어 주전자 주둥이에 입을 대고 막걸리 반 되를 그대로 빨아들이기 시합도 했다. 안주가 모자랄 때는 우리를 따라와서 콜라만 마시는 안주 킬러들이 판관이 되어 친구들이 술을 한 잔씩 마시는 조건으로 안주를 공평히 한 점씩 나눠 주기도 했다. 안주 킬러는 언제 어디든 이런 심부름 외에는 인기가 없었다.

대구 향촌동에 가면 입구 좌우로 술집이 나뉘어져 있었다. 좌측에는 '리베라 위스키'나 '조니 워커' 같은 양주류의 고급술이 위스키 유리잔에 담겨 고급 안주와 함께 나왔다. 게다가 권주 아가씨가 함께 배석하는 값비싼 고급 살롱 손님들이 자리 잡고 있었다. 그곳은 상대적으로 주머니가 얇은 우리들에게는 해당 사항이 없었다. 옷차림과 술잔부터 달랐다.

골목 우측은 탁주 골목으로 쭈그러진 양은 주전자에 채워진 막걸리를 찌그러진 알루미늄 잔에 따라 생고구마, 번데기 또는 도루묵전, 파전 안주를 먹는 등 그야말로 서민 술집이었다. 양쪽 모두 목청 높여 권주가를 부르고 마시고 취하고, 나올 때 비틀거리는 꼴은 매일반이었다.

내일 입대하는 친구를 환송한답시고 자정이 넘도록 술을 먹여 인사불성으로 만든 철없는 우를 범하기도 했다. 지금 생각하면 술에 무슨 원수가 졌는지, 한이 맺혔는지, 왜 그리 마셔댔는지 모르겠다.

때로는 대구 시청 옆 골목 우측에 위치한 둥글관이나, 복어탕 집으로 이름난 송림 식당으로 갔다. 거기서는 뚜껑 없는 냄비에 콩나물, 미나리, 부추 등 밑 재료를 깔아 냉동 밀복 몇 조각을 녹여 얹고 양념 고춧가루를 엄청 쳐서 내어오면 가스 버너에 불을 붙여 우리들이 직접 조리하기도 했다. 거기다 무식하게 또 고춧가루를 엄청 더 뿌려서 입맛대로 식초 넣고 직접 끓인 얼큰한 콩나물 복어탕을 함께 즐기기도 했다. 조리에 일가견이 있는 친구들이 있어 식성에 맞도록 양념을 하고 간을 맞추어 직접 끓여 먹는 재미가 제법 쏠쏠하기도 했다.

어쩌다 '회' 라고 하면 문어, 오징어, 가오리나 상어 등을 뜨거운 물에 데쳐서 초고추장에 찍어 먹는 것이었지 요즘 생선회같이 싱싱하고 고소한 활어회가 아니었다. 그래도 그때는 그나마도 없어서 못 먹었다. 위기도 있었다. 대책 없이 가리지 않고 먹어대다 보니 길거리 포장집 음식에 딱 걸려든 것이다.

한때 달성공원 근처에는 온갖 잡상인이 들끓고 야바위꾼들이 진을 치고 있었다. 하학 후 친구와 함께 뱀 장수 요술을 구경하러 갔다가 달성공원 근처에서 시장기가 돌았다. 마침 간이 손수레 포장집에서 파는 고래고기가 눈길을 끌었다. 고래고기라면 언젠가 혼자 갔을 때도 먹고 싶었지만, 대학생 체면에 홀로 길거리 난전 포장집에서 먹기가 뭣하여 아쉬웠던 참이었다. 친구에게 넌지시 내 마음을 비췄더니 그도 같은 생각이었다.

옳다구나! 두레박 깡통 뚜껑으로 만든 양철 접시에 고래고기 한 접시와 잔술 소주를 곁들여 주거니 받거니 마셔댔다. 한 접시 먹고 두 접시째 먹을 때, 비위가 좀 상했으나 술기운으로 다 먹고 마셔버렸다. 둘이 어깨동무하고 콧노래 부르다가 어디선가 헤어져 집에 왔는데, 엄마 눈치가 이상했다.

"너 뭘 먹고 입이 새파랗게 질려서 집에 왔노?"

그때 갑자기 속이 메슥거려 화장실로 뛰어가던 도중 '우~웩' 하고 토하고 말았다. 엄마가 등을 두드려줘서 똥물까지 다 게워냈다. 엄마가 아무 말 않고 이부자리에 눕히더니 잠시 내가 혼절한 틈에 미음을 끓여 떠먹여 주었으나 그마저도 게워내고 말았다.

밤새 앓다가 새벽녘에 눈 붙인 후 이튿날, 어지러워 학교도 못 가고 누워있으니 엄마가

"어제 뭘 먹었노?"

자초지종을 얘기하니, 엄마 말씀이

"니가 먹은 게 고래고기가 아니라 상한 물치였나 보다."

얼마 전에 그곳에 갔던 이종사촌이 나처럼 혼이 났다고 했다. 이튿날 들으니 친구도 똑같이 집에 가서 난리를 치루었다고 했다. 영악한 장사꾼이 상한 물치를 고래고기로 속여 팔아 어리석은 녀석들이 술 안주로 먹어 치웠던 것이었다.

나이 들어 퇴직까지 하고 보니 그때의 내 나이가 된 아들이 눈에 들어온다. 나처럼 무절제하지 않다. 길거리 불량식품은 아예 가까이하지 않는다. 운전 때문이기도 하지만 무엇보다 나처럼 무모하지가 않다. 어쩌다 내가 술이라도 한 잔 건넬라 치면 아내가 먼저 눈을 흘긴다. 며느리 눈치가 보이기도 한다. 나는 머쓱하여 잔을 거둔다.

그러나 가끔, 아주 가끔씩 무모했던 나의 청춘을 그리워한다. 군 입대하는 친구와 함께 자정이 넘도록 술을 마시고, 인사불성으로 목청 높여 권주가를 부르던 그 시절을 그리워한다. 아내도 몰래 아이들도 몰래 나 혼자 꺼내보는 내 청춘이다. 나는 조용히 흘러간 내 청춘에게 술 한잔을 건넨다.

# 민물 뱀장어

대구시 달성군청에 근무할 때의 일이다. 지금은 달성군청이 논공면 금포읍으로 옮겼지만 당시는 서부정류장 근처에 있었다. 군청 옆으로는 관문시장이 있어 점심때가 되면 직원들이 인근 식당이나 돼지국밥을 사 먹으러 자주 들락거리곤 했다. 관문시장 근처로는 무허가 잡상인이 즐비했는데 단속 행정력에 한계가 있어 근절하기가 어려웠다.

그 무렵 군청 옆쪽으로 할머니 한 분이 쪼그리고 앉아 민물장어를 팔고 있었다. 양철통 대야 위에 빨래판을 얹어 놓고 젖은 천을 깔고 그 위에 민물장어 두 마리를 올려놓고는 수시로 장어에게 물을 적셔가며 호객을 했다.

아들이 하빈 천변에서 귀히 잡아 온 자연산 뱀장어라고 했다. 다가가서 보니 색깔이 검고 매끄러운 양식 뱀장어와는 달리 몸통이 희뿌윰한 것이 얼룩덜룩하고 지느러미의 꼬리 끝부분도 잘린

듯 투박하여 자연산이 틀림없었다. 두 마리를 모두 사 와 구워 먹었다.

며칠 후 점심시간에 보니 그때 그 할머니가 전과 똑같은 맵시와 자세로 그 자리에 앉아 호객 하는 모습이 보였다. 문득 며칠 전 산 뱀장어에 대해 의혹이 생겼다. 인터넷으로 찾아본 '뱀장어' 를 떠올리니 의심은 깊어갔다.

그런데 그날은 장어를 판 할머니한테 의혹이 생겼다. 내가 샀던 그날과 똑같이 양철통 대야 위에 빨래판을 얹어 놓고 민물장어 두 마리를 올려놓고 있지 않은가. 잠시 청사 담 옆 전봇대 뒤에서 할머니를 지켜보았다. 조금 있다 한 손님이 오더니 나처럼 장어 두 마리를 호박잎에 싸서 비닐 봉투에 넣어 가지고 갔다.

문제는 그다음 장면이었다. 할머니는 빨래판을 받치고 있던 양철 대야를 들어내더니 무슨 가루약을 뿌리는 듯이 보였다. 그런 후 또 다시 마르지 않게 젖은 천을 빨래판 위에 깔고 뱀장어 두 마리를 조심스레 올려 놓았다.

할머니는 수시로 물뿌리개를 사용하여 장어에 물을 뿌리기를 반복하고 있었다. 얼마 후 얼굴이 까맣게 그을린 청년이 민물고기 포획 도구인 그물과 양동이를 가지고 나타났다. 아들인 모양이었다. 양동이에서 무언가를 꺼내서 할머니의 대야에 쏟아붓고는 곧장 관문시장 쪽으로 가버렸다.

사무실로 돌아와서 내수면 담당 직원을 불렀다. 내가 본 할머니의 얘기를 하고는 단속대상이 아닌지 알아보라고 했다. 얼마 후에 직원이 오더니 단속하기가 좀 무엇하다며 다음과 같은 얘기를 전했다.

관문시장 내에는 민물고기를 취급하는 코너가 있는데, 할머니의 큰아들이 주인이라고 했다. 할머니가 집에 있으니 갑갑하여 담배값이라도 벌고 싶다고 해서 난전에 앉아 뱀장어를 판 것인데 그만두라면 지금 당장이라도 그만두겠다고 했다.

나는 일단 할머니를 의심한 것이 미안했다. 그러나 의혹은 떨쳐버릴 수가 없었다. 뱀장어 등에 바르던 약물이 무엇이냐고 물었다. 대야에는 호박잎으로 덮어 놓은 장어가 대여섯 마리 있었으나 전시를 위해 빨래판 위에 두어 마리 내어 놓으니 더운 여름 날씨에 장어가 말라서 할 수 없이 물을 뿌리고 식용유 기름을 발랐다는 것이었다.

단속 공무원이 장어에게 뿌린 약물이 백반이나 표백제가 아니냐고 다그쳐 묻자 할머니가 울먹이면서 천벌 받겠다고 하며 날씨가 더워 대야에 얼음 조각과 들깨 가루를 넣어준 것 밖에는 아무것도 없다고 손사래를 치더라는 것이었다

내가 잘못 본 것인가? 분명히 무언가를 뿌리는 것 같았는데 그게 들깨 가루였단 말인가? 할머니 말대로 들깨 가루였다면 먹고 살려는 노점 상인을 대상으로 과잉 단속을 할 뻔하지 않았겠는가?

당시 할머니에게 얼룩덜룩한 뱀장어를 자연산이라고 믿고 비싼 가격으로 사 먹은 것도 께름칙한 일이지만, 들깨 가루 먹은 자

연산 장어를 먹고도 죄 없는 할머니를 의심한 것도 찝찝한 일이
었다.

옛말에 돼지 눈에는 돼지가 보이고, 부처 눈에는 부처가 보인
다고 했다. 나는 돼지일까, 부처일까.

# 내기의 법칙

　　　　　지호를 만난 것은 대학 교양학부 때였다. 아니, 그 이전 수의과 입학시험을 치르는 날 그를 처음 보았다.

　입학시험 고사장에는 사물은 모두 교실 뒤 여분의 책상 위에 두고 필기도구만 가지고 들어갈 수 있었는데, 내 앞에 앉은 그가 볼펜을 빌려달라고 했다. 수험장에서 볼펜을 빌려달라니? 준비성 없는 학생이라 생각하고 볼펜 두 자루 중 하나를 빌려줬다. 알고 보니 경북고등 출신에 치열이 희고 고른, 예쁘장한 얼굴에다 잘 웃고 유머 감각이 있는 사람이었다. 교양학부를 거치면서 지호에게 매력을 느껴 먼저 친구하자고 제의를 했다. 귀공자처럼 생긴 풍모와는 달리 용기도 있고 승부욕도 있었다. 그런 그가 교양학부 때 나를 농대 대의원으로 추대해 주었다. 기꺼이 돕겠다고도 했다.

　지호는 몸집에 비해 강단이 있었으며, 현실적인 상황판단도 나보다 앞섰고 믿음직했다. 농대 4개 대학 교양학부를 지나는 동안 뜻이 맞는 8명의 회원으로 갈화葛化라는 모임을 결성했다. 지호가 사실상 교양학부를 좌지우지하여 모임은 학내에서도 재미있고 학생들에게도 인기가 있었다.

우리는 공부도 열심히 하여 수업료 면제를 받기도 하고 장학금도 받았다. 문제는 술이었다. 장학금을 받을 때마다 학교 근처 실비식당에 가서 무지막지하게 막걸리를 마셔댔다. 선두에는 늘 지호가 있었다. 그는 유난히 술을 좋아하여 우리 중 제일 많이 마셨는데 농담 삼아 낙협 우유 탱크로리를 보며 '우리가 마신 술이 저 탱크로리 한 통은 되겠지?' 하며 웃어댔다.

지호는 어디서나 내기를 좋아했다. 넓은 경대 캠퍼스의 초여름 풀밭에 과일 장사꾼이 더러 행상을 하곤 했다. 우리 수의과 뒤 풀밭에도 점심시간쯤 되면 왼쪽 팔이 없는 젊고 예쁜 아낙이 광주리를 이고 자두 행상을 하였는데, 시큼한 풋과일을 좋아하는 나와 지호는 단골 고객이 되었다.

그날도 지호가 먹기 내기를 제안했다. 자두를 많이 먹은 사람이 이긴 거고 진 사람이 계산하는 게임이었다. 아마 내가 20여 개를 먹고 지호가 3개쯤 더 먹어 내가 졌던 것 같다. 그후 한 주일 내내 입 안에 신물만 나오고 침이 고여 음식 맛을 잃고 혼이 났다. 이야길 들으니 지호도 며칠 밥을 제대로 못 먹었다고 했다. 미련한 놈들. 사실은 내가 그 여자를 속으로 좋아했었다. 서로 말은 안 했지만 지호도 그런 눈치였다. 무슨 사연인지 왼쪽 팔을 잃은 그 가련한 여인이 우리의 감성을 건드렸던 모양이었다.

지호의 내기 제안은 그칠 줄을 몰랐다. 학교 근처에 있는 우리의 아지트 실비식당은 우리가 가면 '메구가 오래비를 만난 듯' 반가워했다. 그도 그럴 것이 학생 신분에 외상도 아닌 현금에 팁까지 주며 술 마시는 미친 놈들이 어디 있었겠는가? 수업료 면제에 장학금까지 받은 것을 실비식당에 퍼부었던 것이다.

그날도 갈화 모임을 실비식당에서 하게 되어 개장국을 시켰다. 배가 고파 돌아가며 게 눈 감추듯 한 그릇씩 비우고 나서 환남이가,

"오늘 같으면 다섯 그릇이라도 먹겠다."

고 하니 승부 내기로 정평이 나 있는 지호가 바로 내기를 신청했다.

"다섯 그릇 더 먹으면 내가 계산하고 덤으로 내일 모두에게 술 한잔 사겠다. 대신, 지면 오늘 술, 밥값 니가 다 내라."

모두 동의했다. 환남이가 주인에게 한 그릇씩 가져오길 요청했고, 내기가 시작되었다. 한 그릇, 두 그릇, 세 그릇째까지 여유 있게 먹었다.

우리들은 경이롭게 내기를 주시했고, 지호의 눈은 커져갔다. 네 번째 그릇부터는 속도가 늦어졌다. 거의 다 먹고, 국물이 남았을 때 환남이가

"국물은 봐다오."

했을 때 지호가 눈을 부라리며 안 된다고 했다. 법칙에 어긋난

다는 것이었다. 땀을 뻘뻘 흘리며 국물 마저 마시고, 다섯 번째 그릇이 도착했다.

환남이가 후! 한숨을 쉬더니 화장실에 갔다 오겠다고 했다. 지호가 부리나케 같이 가자고 했고 소변 후 구토嘔吐 안 하는 걸 확인하고서야 다섯 번째 그릇을 마주했다 휴! 신음 소리 비슷한 한숨을 쉬고, 환남이가 숟가락을 들었다. 우리들은 내기가 흥미로워 숨을 죽이고 숟가락만 쳐다보았다. 손놀림이 느려졌다. 상당한 시간이 흐른 것 같았다. 눈들이 환남이의 숟가락에 꽂혀 있었다. 신음 소리를 내면서 국물만 남기고 다 먹었다. 놀라운 일이었다.

환남이가 말을 더듬으며 "국물은 봐주지?" 했다. 우리 중 일부는 땀을 뻘뻘 흘리는 꼴이 애처로워 봐주자는 애들도 있었다. 그때 지호가 단호히 말했다.

"안 돼! 내기에는 법칙이 있잖아."

환남이는 각오한 듯 그릇을 들어 마시더니, "어! 대야 좀!" 했는데, 대야가 미처 도착하기도 우리 쪽으로 음식 토물이 폭포처럼 뿜어졌다. 나의 옷도 개장국으로 범벅이 되었다. 그때 누군가가 중얼거린 말.

"법칙은 무슨. 개뿔!"

세월이 흘러 우리는 각각 제 갈 길로 흩어졌다. 그런데 지호는 학창 시절에 마신 폭주가 원인이 되어 간肝병을 앓게 되었다. 담관암에서 병독성 간암으로 진단이 나왔다. 이미 여러 장기로 확장 전이되었다고 했다. 대구에서 서울로, 일본으로까지, 용하다는 병원을 모두 거친 긴 투병생활 끝에 49세로 영면하고 말았다.

장례식장에 모인 갈화 동인 친구들은 술 잘 마시고 친구 좋아하고 내기 즐기는 지호를 추억했다. 그러나 아무도 실비식당에서 있었던 다섯 그릇 내기는 입에 올리지 않았다. 묵묵히 지호의 안식만을 빌었다.

# 가는 세월

세월의 흐름에 언제부터인지 머리카락이 서서히 잿빛으로 변하더니, 근래에 와서는 아예 백발로 바뀌어 버렸다. 걸음도 굼뜨고 86kg의 우람하던 지난날의 체중이 68kg의 경량급으로 변해버렸다. 반면에 46kg의 경량급 마누라는 어느새 64kg의 중량급으로 변모하여 매일 훌라후프를 돌리느라 야단이다.

변화는 체중에만 있는 것이 아니다. 입맛도 없어지고, 행동도 굼뜨고 머리까지도 아둔해지는 것 같다. 가는 세월 탓이리라. 더러는 우리말도 통역해야 알아들을 듯 말귀가 더 어둡고, 난청으로 보청기 없이는 소통이 안 되는 불쌍한 늙은이로 전락해 버렸다. 참으로 답답하고 나날이 쓰잘데없는 늙은이로 변모하고 있다.

텔레비전 청음 수신이 어려워져서 얼마 전에는 아들에게 부탁하여 자막 변환으로 바꿨다. 마누라는 자막이 화면을 가린다고 남의 속도 모르고 궁시렁거린다. 이거야말로 사는 게 아니다.

기억력도 가물거린다. 마스크를 턱 밑에 걸어 놓고 찾으러 다닌다. 병원에서는 같은 약을 두 달 치씩 처방받아 먹는데, 아침 분량의 약이 항상 남아돈다. 건망증 탓이리라. 이 증상이 치매로 가는 건 아닌지 모르겠다.

외손녀가 할아버지를 염려하여 흰 보드와 청색 사인펜을 생일 선물로 사 가지고 왔다. 기특한 마음에 애들도 왔으니 어디 외식이라도 할까 생각하고 마누라에게

"오늘 특별히 바쁜 일이라도 있나?"

라고 시험 삼아 보드에 써 보이니, 마누라의 답신이 놀랍다.

"특별할 게 뭐 있겠능교?"

재미없는 마누라 같으니라고! '선물도 받았으니 현대서비스 옆 달맞이식당에서 외식이나 하고 경산 반곡지라도 돌고 옵시다' 해 주면 얼마나 좋겠는가! 요즘은 삼시 세 끼 밥 차려 주는 것만으로도 생색을 낸다. 그나마 아침뿐이다.

"냉장고에 이것저것 있으니 알아서 챙겨 잡수소!"

하고는 하루가 멀다 하고 계추인가, 모임인가 한다고 부리나케 사라지기 일쑤다. 어쩌다 아들이나 사위나 오면 화다닥, 나를 앞장세워 시장 가자고 닦달을 한다. 경비 지출에, 짐꾼 노릇까지 톡톡히 한다.

'누레오 치바'라는 말이 있다. '젖은 낙엽'이란 말로 신발 바

닥에 딱 달라붙어 떨어지지도 않고 아내 주변을 맴도는 거추장스러운 중년 남편의 모습을 가리키는 일본 속담이다. 나처럼 은퇴 이후에 아내 뒤를 졸졸 따라다니는 남편을 가르킨다.

한때 직장에서 내로라하던 남편일수록, 사회에서 인정받고 외도 한 번 못 해본 모범적인 남편일수록 은퇴 이후의 삶은 초라해지기 마련이다.

남편 없이도 여성 특유의 사회적 삶의 기술을 터득하여 재미있게 살고 있는 아내와 달리 남편은 오히려 그동안 수컷 사회의 경쟁 현장에서 살아남느라 그런 삶의 기술에는 미숙하다. 뭍으로 나온 물고기같이 아내 없이 혼자 지내기도 쉽지가 않다. 공무원의 경우 퇴직 전 공로 연수나 유급 휴가로 사회적 적응계획을 추진하고 있으나, 실제로 만족할 만한 수준의 적응 훈련이 되지는 못한다.

'인생의 성공과 실패는 죽음 직전에 판가름 난다' 는 이야기가 생각난다. 은퇴 이후의 삶이 얼마나 중요한가를 상기시켜 주는 좋은 말이다.

세월 따라 우리는 모두 나이 먹고 언젠가는 세상을 하직할 수밖에 없다. 허망하기 짝이 없다. 더 늦기 전에 스스로 내 인생을 주도적으로 만들어가야겠다는 생각을 해 본다. 굳이 아내만 쳐다보고 자식한테 의존할 필요는 없겠다는 생각이 든다. 따로, 혹은 함께 생활하면서 지혜로운 유대관계를 만들어가는 것이 좋지 않을까.

가는 세월, 붙잡을 수도 외면할 수도 없는 일이다. 기꺼이 손 내밀어 동행할 일이다. 오늘부터는 혼자서라도 가뿐히 집을 나서 산천경개 구경 다니고, 친구를 불러내어 내가 먼저 한잔 사고, 카 톡으로나마 안부 묻고, 좋은 일 궂은 일 같이 동참하며 기분 좋게 살다 가려 마음먹는다.

# 팔순 즈음에

  칠순을 언제 했던가? 기억이 삼삼한데, 지난 7월 말경에 나도 잊고 있었던 팔순을 맞이했다. 칠순 때는 어린 친손녀 하나뿐이었지만 10년의 세월이 흘러 손녀는 이제 어엿한 고등학생이 되었고 새로운 외손 남매 둘이 태어나 초등학교에 다니고 있다. 아들 딸 내외가 귀여운 손주들을 들러리 세워 단양 팔경 중의 하나인 도담삼봉 근처의 아담한 콘도에서 정성껏 자리를 만들어 추억에 남을 팔순을 치뤘다.

  자식들이 칠순 때 아내와 함께 포즈를 잡은 사진을 카메라에서 찾아냈다. 기억에도 없는 10년 전 사진이었다. 내외가 쑥스럽게 포즈를 잡은 장면을 커다란 현수막으로 확대하여 벽에 걸어 놓고 풍선과 꽃다발, 고깔 모자, 폭죽 등 각종 이벤트를 준비했었다.

  먼저 손주들이 어디서 모여 연습했는지 TV쇼 뺨치는 3인조의

춤과 유희를 선보였다. 공연 말미에 손주 셋이 일제히

"할아버지 사랑해요. 건강하세요."

하며 동시에 큰절을 하여 코끝이 시큰했다. 공연이 끝난 후는 손주들 나름대로 각기 준비한 정성 어린 보랏빛 선물과 깨알 같은 축하 편지로 우리 부부를 즐겁게 했다.

돌아가신 부모님이 수壽를 하셔서인지, 어영부영 팔순을 맞고 보니 가물가물하는 기억력으로 감회가 새롭고 나름 반성하고 후회스럽게 생각하는 일들이 더러 있었다.

과연 내가 나잇값을 제대로 하고 살고 있는지? 더러는 허투루 아무 생각 없이 살면서 의미 없는 세월만 축내고 있는 천덕꾸러기 늙은이는 아닌지 걱정스럽기도 하다. 깜빡깜빡하여 집 나간 기억력이 다시 찾아올 때는 아차! 내가 정상이 아닌 노인네가 아닌지 걱정스럽기도 하다. 이제는 무언가 하나둘 정리를 해야 하겠는데 어느 것부터 시작해야 할지 중심이 잡히지 않는다.

얼마 전에는 코로나에 감염되어 추석 성묘차 온 아들에게 병을 옮겨 조상 성묘도 못 하고 되돌려 보냈다. 아내는 저 자신도 조심했지만 스스로 눈치가 보여 각방을 쓰며 별스럽게 방역활동을 한 덕분에 감염시키지는 않았다. 일주일의 격리 후에도 3주 이상 후유증으로 녹초가 되었으니, 그간 아내 역시 고생이 많았을 터이다.

늙어서인지 몸이 부실해서인지 후유증이 상당했다. 우선 미각이 마비된 듯 음식 맛을 잘 모르겠고 후각도 역시 둔화되었다. 좋지 않은 습관 탓으로 저녁잠이 없다 보니 아침에는 늦잠을 자게 된다. 식구라야 아내와 나 두 사람밖에 없는 터에 나름 배려한답 시고 깨우지 않는 것도 민망하다. 깨어나서도 한술 뜨는 둥 마는 둥 온종일 서재에만 있다 보니 대화도 없어지고, 더러는 혼자 끼니를 신경 써야 하는 불쌍한 늙은이로 전락되어 간다.

세월 흐르고 나이가 드니 바뀌는 게 많이 있다. 꺼끄렁 욕심은 줄어들고 생각은 깊어진다. 복잡한 것보다는 단순한 게 낫고, 짙은 것보다는 은은한 게 낫다. 화려한 것보다는 소박한 게 좋고 잘난 사람보다는 편안한 사람이 좋아진다. 바람 같은 전철 KTX보다 정동진 해변행 완행열차가 눈에 선하다. 거센 파도보다 은물결 잔잔한 석양 해변이 보고 싶어진다. 양주보다는 생막걸리가, 치즈 엉킨 두꺼운 피자보다는 팥앙금 곱슬한 팥시루떡이 생각난다.

별다른 성취감 없이 살아온 인생이라서 그런지 몰라도 힘들었던 젊은 시절로 되돌아가기는 싫다. 아! 회색빛 그날이 멀지 않았건만 남은 나날을 어린애처럼 천진스럽고 즐겁게 살고 싶다. 젊은 날에는 당연한 것처럼 건성으로 받았던 삶의 모든 흔적들을 지금은 구구절절 고마운 마음으로 감사하게 받아들인다.

세월이 나를 철들게 하는 것인가? 무엇을 갖고자 지금껏 그렇게 아웅다웅 다투고 밀치며 욕심스레 살아왔던가? 주위의 웃음 속에서 빈손으로 태어나서 결국은 빈손으로 마치게 되는 공허한 인생이 아니겠는가?

수의에는 주머니가 없다고 한다. 과연 나에게 진정한 소유가 무엇이던가? 누에는 열흘 살다 버릴 집을 짓기 위해 창자에서 실을 뽑아 집을 만들고, 제비는 고작 반년을 살기 위해 침 뱉어 진흙과 짚을 이겨 힘들게 집을 짓는다고 한다. 까치는 어떠한가? 불과 1년 살다 버리려고 볏짚 물고 나르느라 입 헐고 꼬리가 빠져나가는 고통을 겪어 가며 지어서, 때가 되면 미련 없이 떠난다. 오직 사람만이 끝까지 움켜 쥐고 있다가 제대로 지니지도 못한 채 생을 마감하는 경우가 많지 않던가?

세상에 '완전한 소유'란 없다고 한다. 누구든지 잠시 빌려 쓰는 나그네 인생이다. 우리가 진정 소유해야 할 것이 있다면 그것은 물질이 아닌 선량한 마음가짐이 아닐까? 우리의 마음속에서 순수히 얻은 것이 진정 우리의 소유물일 것이다.


나는 이번 팔순 행사 전날과 당일, 그리고 하루 지난 사흘 동안에 심리적으로 또는 육체적으로 많은 변화를 느꼈다. 전날의 설레임, 당일의 즐거움, 다음 날 귀가 후의 허무함! 이제는 시행착오가 용납되지 않는 나이라고 생각하니 매사 조심스러움과 함께 멋있는 노인네가 되고 싶은 욕심 또한 숨길 수가 없었다. 태어난 후 30년은 멋 모르고 살았고, 다음 30년은 직장과 가족을 위해 정말 뼈 빠지게 일했으니, 이제 남은 인생은 자신을 위해 살라는 말도 있지 않던가.

'멋진 사람은 늙지 않는다'고도 하고, '노년이야말로 멋있고 아름다운 인생길' 이라는 말은 지금이 삶의 여정 중에서 가장 좋은 나이라는 뜻이리라.

살아오면서 연륜이 쌓이고 비우는 법도 배우며 너그러움과 배려의 의미를 알 수 있는 담담한 마음으로 남은 삶의 여백을 채워갈 때가 노년일 것이다. 범사에 감사함과 소중함을 알고 빈 마음으로 눈을 감으면 천국이 이 세상 어딘가에 있다는 것을 알게 된다는 것이리라.

# 석린성시惜吝成屎

고령자가 많은 이웃 나라 일본에서는 요즘 노인 수명이 길어져 75세 이상 노인들에게 자연사를 유도한다고 한다. 옛날 우리나라 풍습이었던 고려장이 떠오른다. 흉년이 들어 초근목피로도 먹고살기 어려웠던 시절, 한 사람의 입성이라도 덜어 생산성 있는 젊은이라도 살게 하자는 눈물겨운 나라의 자구책이 아니었던가 싶다.

한때는 70 고희에 10년 덤으로 80까지만 건강히 살았으면 하는 소망이 있었다. 그게 부질없는 욕심이 아닌가 하는 생각으로 살아온 지가 엊그제 같아서 남몰래 조심스레 회한을 가슴에 품었었는데, 이제 바람 따라 새날이 밝아 80 고개에 오른 볼품없는 하얀 늙은이가 되고 말았다.

내가 흘려보낸 것도 아니고 홀로 도망쳐 나온 것도 아닌데 청춘이란 보랏빛 꽃밭은 아득히 멀어져 잊히고  흰머리에 잔주름과 검버섯 같은 허무만 남았다.

'석린성시惜吝成屎'란 말이 있다. 사전적 해석은 '아끼고 아끼다 똥 된다'는 뜻이다. 귀한 그릇, 값비싼 옷은 왜 그리 아끼는 것일까? 현재보다 미래의 행복이 더 중요하다고 믿기 때문이다. 하지만 현재를 못 즐기는 자는 그 미래가 현재가 되어도 즐기지 못한다고 한다. 그러니 미루지 말고 지금 즐기자는 이야기다.

죽은 사람의 유품을 정리해 주는 유품 정리사의 말을 들으면, 대부분 제일 좋은 것은 써 보지도 못한 채 죽는다고 한다. 그렇게 안 좋은 것만 먹고, 쓰다 죽으면 우리 인생은 안 좋은 것으로 가득 채워진 채 끝이 난다.

물건이나 음식만 그럴까? 생각이나 말도 그렇다. 평소 안 좋은 생각과 말만 하다가 생의 마지막 순간에 후회하는 이들이 많다고 한다. 귀하고 좋은 것 너무 아끼지 말고 지금 쓰고 지금 하자.

"값비싼 그릇이나 옷은 언제 쓰시거나 입으실 건가요?"

상담사가 이런 질문을 하면 대부분 나중에 귀한 손님 올 때 쓰려고 아껴 둔다고 한다. 많은 사람들이 평소에 저렴한 신발에 허름한 옷을 입고 싸구려 그릇을 사용하면서 값싼 것만 사용한다. 나 역시 그런 범주에서 벗어나지 못한다. 이제 갈 길은 외줄기다. 피할 수 없을 바에는 홀가분하게 보랏빛 그 길로 걸어가 보자.

탐욕과 아집, 버겁고 무거운 짐 다 내려놓고 가벼운 몸과 즐거운 마음으로 출발하면 좋을 것이다. 그저 순리대로 하루하루 즐겁고 당당하게 걸어가면 되지 않겠나? 선량한 눈과 고운 맘으로 열심히 살아가면 지금까지의 세월이 바람처럼 흘렀듯이 10년이 다시 강물처럼 흘러 어느 날 문득 아흔이 되어 있을지 모르지 않겠나? 지나친 욕심일까?

외신에 의하면 올해 98세로 암 투병 중인 지미 카터 전 미국 대통령이 병원 입원을 포기하고 집에서 호스피스 케어를 받기로 했다고 한다. 그는 최근 암세포가 간과 뇌로 전이되어 피부 흑색종으로 투병해 온 것으로 전해졌다. 저명 인사의 문제이기 때문에 개인적인 이런 문제도 화제가 되겠지만 카터 전 대통령의 가족은 그가 병원에서 짧은 입원 기간을 보낸 뒤, 남은 시간을 호스피스 케어를 받으며 집에서 보내기로 결정했다고 밝혔다. 카터 전 대통령의 선택은 그의 가족과 의료진의 전폭적인 지지를 받았으며, 가족들은 이 기간 동안 사생활 보호를 요청하고 그를 존경하는 사람들이 보여준 관심에 감사드린다고 전했다 한다.

탈무드를 보면 '승자는 달리는 순간에 이미 행복하다. 그러나 패자의 경우는 경주가 끝나 봐야 결정된다' 는 말이 있고, '할 일이 생각나거든 지금 하라. 오늘은 맑지만 내일은 구름이 낄지 모른다' 는 말도 있다. '사랑의 말이 생각나면 지금 당장 하라. 사랑하는 사람이 당신 곁을 떠날 수가 있다' 고도 하고, '불러야 할 노래가 있으면 지금 부르라. 망설이면 이미 늦을 수도 있다' 고도 했다.

이 모두가 선구자들이 이미 예언하고 경계하여 익히게 한 주옥같은 글귀가 아닌가.

요즘 들어 허리가 뻐근하고, 수시로 몸에서 쥐가 나고, 집 나간 기억력을 되찾으려 노력해도 여의치 않지만 그래도 당장 편하게 생각하며 지내는 생활에 내성이 생겼으니 이것도 과분한 축복과 은혜일 것이다.

100세 시대에 80은 아직 시들 나이가 아니라고도 한다. 90보다는 젊고 100보다 어리지 않은가? 잘 익은 인생 80대는 저녁노을 고운 빛깔처럼 절정을 준비하는 나이다. 황혼이 되어 붉게 물들어보는 것도 나쁘지 않을 것이다.

같이 사는 가족에게 감사하고, 함께하는 친구에게도 감사하고, 인연 닿는 모든 이에게 감사하고 싶다. 쑥스럽지만 사랑한다는 말도 미리 해 주고 싶다.

# 공짜

인간이란 참으로 요상한 동물이다. 공짜라면 양잿물도 마신다고, 자기가 숨겨놓은 돈을 두고도 공짜라고 여기는 순간 그렇게 고마울 수가 없다. 때 맞춰 잘 차려놓은 간식보다 배고플 때 무심코 책장 밑에서 발견한 호두 반 톨, 땅콩 반쪽이 더 고소한 법이 아니던가!

오랜만에 방 청소와 책장 정리를 시작했다. 게으른 탓에 방 안이 온통 고물상이 되어 아내한테 몇 번이나 정리 좀 하라고 채근을 받아온 터에 마침 할 일도 딱히 없던 차라 방 청소에 손을 대게 된 것이다. 이삿짐 챙기듯 많은 책들과 씨름을 하며 분류하고 폐기하는 작업에 들어갔다. 과감하게 버리라는 아내의 엄명이 있었지만 나는 아마 부엉이 족속인 모양이었다. 물어다 나르기만 할 뿐 버리기가 아까워 정리하다 말고 뒤적거리기만 했다. 해묵은 책갈피 사이에는 옛날 사진들도 있었고 퇴색된 단풍잎도 나왔다. 군대생활 중의 병영 일기장도 눈에 띄어 건성으로 넘겨 보았다. 20대의 파릇파릇한 일기장인 셈인데 용케도 어떻게 남아 있었을까 의아해하면서 읽어 내려가다가 무심코 옆에 쌓여있는 아내의 가계부를 펼쳐보게 되었다. 깨알같이 쓴 가계부의 일기 내용을 몇 자 읽어 보다가 건성으로 휘리릭 책장을 넘기니 어! 빳빳한 지폐가 두 장 꽂혀 있는 게 아닌가? 심 봤다! 눈이 확 떠지는 순간이었다.

살다 보면 누구라도 나 외에는 아무도 모르리라 생각되는 장소에 돈을 감춰두는 경우가 생긴다. 남자의 경우 벽시계 밑바닥이나 책상 서랍장 마지막 칸 아래, 또는 컴퓨터 본체 밑에 숨겨둔 채 한동안 잊어버리고 지내오다가, 집 정리 중에 우연히 발견되면 횡재를 만난 듯 기분이 좋아진다. 물론 운이 나빠 이 돈이 아내에게 발각되는 날에는 곤욕을 치르기도 한다.

나에게도 그런 경험이 있다. 어느 조용한 날 아내와 사이좋게 대청소를 하던 중 내 방 책갈피 속에서 출처를 모르는 빳빳한 만 원짜리 지폐가 몇 장 나왔다. 아마도 설날 손주 녀석들에게 세뱃돈 주려고 은행에서 새 돈으로 바꾸어 두었던 것으로 짐작되었다. 아내의 눈이 빛났다. 지폐를 잽싸게 낚아채면서 공돈이 생겼다고 기뻐하였다. 내 방에서 나왔으니 내 돈이라고 우겼으나 소용없었다. 아내는 나의 도덕성까지 들먹이면서 가차없이 지폐를 회수해 가고 말았다.

그렇다면 지금 이 돈은 어떻게 처리할 것인가. 상식적으로 말할 것 같으면 아내의 가계부에서 나온 돈이니 아내의 돈임이 분명하다. 알뜰한 사람이라 분명 비상금으로 꿍쳐 놓았으리라. 그러나 아내와 나 사이에는 또 다른 상식이 존재하고 있었다. 먼저 본 사람이 임자일 뿐 아니라 '숨긴 자'의 도덕성에 대한 의혹 제기이다. 부부는 서로 간에 한 점 숨김이 없어야 하거늘 우리는 숨바꼭질이나 하듯이 은밀한 곳에다 돈을 숨겨 왔던 것이다.

돈은 빳빳한 신사임당 두 장이었다. 은근히 욕심 나는 액수이기도 했다. 이 돈이면 친구 두어 명에게 술 한잔 살 수도 있고 외손녀에게 슬쩍 건네 '할아버지 최고!'가 될 수도 있었다. 돌려주자니 아깝고 내가 하자니 께름직했다.

묘안이 떠올랐다. 언젠가 친구가 아내 몰래 비상금 감추는 묘수를 알려 준 기억이 났다. 숨겨놓은 돈을 들킬 경우에 대비하여 분홍빛 메모를 남겨 두라는 것이었다. 돈 옆에다 '당신을 위해 비상금을 남기니 필요 시 쓰라'는 메모였다. 도랑 치고 가재 잡기로 들킬 경우 도덕성에도 흠이 안 될뿐더러 오히려 감동을 주는 방법이었다.

나는 얼마 전 내 생일날 며느리가 촌지로 주었던 예쁜 봉투에 돈을 넣어 메모지에다

"당신 요새 힘들지? 얼마 안 되지만 용돈으로 쓰세요."

라고 적어 일부러 쉽게 찾을 만한 장소에 놓아 두었다. 일주일쯤 뒤에야 아내가 얼굴이 환해져서 입꼬리가 귀밑에 걸려,

"돈 벌었네. 고맙소! 어떻게 그런 생각을 했소? 그냥 줘도 될

것을!"

　나는 가슴이 뜨끔하여, 수년 전 가계부를 혹시 기억하는가 싶어 염탐해 보니, 다행히도 모르는 눈치였다. 공돈 생겼다고 콧노래를 부르면서 내가 좋아하는 삶은 돼지고기 수육에, 포도주 건배로 거한 저녁상을 차렸다. 내 쪽에서도 양심에 찔릴 것이 없었다. 며칠이 지나도 아내한테서 별 말이 없는 걸 보고 안심했다. 이거야말로 꿩 먹고 알 먹기, 마누라에게도 공돈, 나한테도 공돈이 아니던가?

　며칠 후 나는 그 머리 좋은 친구를 만났다. 그 친구 발상이 어찌 그리 기특한지 만나서 술이라도 한잔 대접하고 싶었다. 우리는 술잔을 주거니 받거니 하며 서로의 경험담을 공유했다. 죽을 때까지 아내에게는 비밀로 하기로 다짐도 했다.

# 벤허

옛날 영화 한 편을 보았다. 동방 박사 세 사람이 유다 땅 베들레헴으로 이동하는 별빛을 따라 예수님 탄생지를 비춰주는 장면으로 시작되는 영화이다. 코로나 사태로 칩거 중이던 나로서는 유일한 소일거리였다.

영화는 서기 26년을 기점으로 로마의 지배하에 있는 베들레헴에서 시작된다. 베들레헴은 원래 유대인인 벤허 가문의 땅이었으나 로마에게 점령당한 후 로마에서 파견된 총독의 통치를 받게 된다. 신, 구총독 이임 과정에서 새로운 총독이 부임하고, 새 총독의 군대를 지휘할 사령관으로 메살라가 자원해서 오게 된다.

벤허는 어릴 때 절친 메살라가 사령관으로 오게 되어 반가운 만남을 갖게 되나, 내 민족의 과거와 미래를 믿는 벤허와 벤허를 이용하여 유대 질서를 바로잡아 절대 권력자의 지지를 받고자 하는 메살라와의 이념 차이로 우정이 흔들리게 된다. 격론 끝에 메살라가 '날 돕거나 맞서거나 선택하라'는 이념 대 이념으로 맞서 결국 폭력을 반대하던 벤허와 메살라는 적이 되고 만다.

어느 날 새 총독이 부임하는 열병 행사에 벤허 여동생의 실수로 기왓장이 떨어져 새 총독이 다치는 사고가 발생한다. 벤허와 가족들이 모두 체포된다. 가족의 안전을 요구하는 벤허에게 메살라는 이렇게 말한다.

"널 본보기로 삼아 반역을 좌절시키고 로마를 두려워하게 만들 거야."

메살라에게 온 가족이 투옥된 후, 복수를 다짐하는 벤허는 로마군에 이끌려 뜨거운 사막길을 노예로 끌려가다 젊은 목수(예수님)를 만나 갈증을 해소한다. 그 후 군선(galley)의 41번 노예로 3년을 지낸 벤허의 우람한 몸매와 인내심을 시험한 함대사령관 아리우스 제독이 그를 눈여겨보게 된다.

"너의 신은 널 버렸지만 난 널 도와줄 수 있다."

승전勝戰한 제독 아리우스는 전승 장군戰勝將軍으로서 황제 티베리우스를 알현(謁見)하는 자리에서 벤허를 노예로 하사받는다. 아리우스는 공인된 자리에서 벤허를 자신의 정식 아들로 입양한다. 로마 시민권까지 받은 벤허가 복수를 위해 메살라를 찾아 나서자 아리우스도 더는 말리지 않는다.

영화는 벤허와 메살라의 전차 경주에서 클라이맥스로 치닫는다. 메살라는 정도正度를 벗어난 그리스식 파괴살상용 특수전차로 반칙 경기 중 결국 자가당착의 덫에 걸려 참혹스럽게 패한다.

죽음을 앞둔 메살라는 벤허에게 "경기에서 너는 이겼고 나는 파멸됐다. 너희 가족들은 문둥이 계곡에서 찾아봐라."는 말을 남기고 죽는다.

사랑하는 에스더가 나병 계곡에서 가족에게 음식물을 제공하는 모습을 발견한 벤허는 가슴이 찢어진다. 노예 신분인 집사의 딸 에스더는 벤허와 노예 반지를 교환한 사이다. 에스더는 집에 돌아와 망연자실한 벤허를 가슴에 안고 복수는 복수를 낳을 뿐이라며 벤허에게 사랑과 용서를 권한다. 또한 병자를 낫게 하는 예수님이 있으니 그에게 가서 모녀의 나병을 고치자고 조언한다.

벤허가 나병환자 굴에서 어머니와 동생을 안고 나왔을 때 예수는 이미 사형 선고를 받아 골고다 언덕으로 십자가를 메고 고행 중이었다. 벤허가 쓰러진 예수를 일으키며 물을 건넨다. 그는 5년 전 벤허가 노예로 끌려갈 때 만난 젊은 목수였다.

예수님이 돌아가시던 그날 밤 천둥 번개와 비바람 몰아치는 중에 십자가에서 흐르는 핏물이 골고다 언덕을 흘러내리면서 벤허의 어머니와 동생은 나병이 자신들도 모르게 깨끗이 치유되었음을 발견한다. 벤허의 온 가족은 축복을 받고 무사히 집으로 돌아온다

동서고금을 막론하고 순리를 벗어나는 일에는 무리가 따르는 법이다. 정도正度를 벗어난 경기로 자가당착에 빠져 죽음을 자초한 메살라나, 채찍 없이 순리대로 말들을 잘 격려하여 승리한 벤허의 리더쉽에는 각각의 한계와 차이가 있었다. 노예선에서 승전

을 거둔 집정관이 말한 "너의 신神이 너는 물론이고 로마 함대까지 구했다."는 솔직한 독백을 들어보라. 그는 황제로부터 전투의 승리에 대한 보답으로 하사받은 벤허를 그의 아들 자리에 앉힌다. 그뿐만 아니라 벤허가 로마 집정관의 조상반지까지 물려받는 인생역전의 장면에서는 보이지 않는 신의 존재에 경외감을 느꼈다.

　주연을 맡은 찰톤 헤스톤의 연기도 좋았지만, 메살라 역을 맡은 스티븐 보이드의 연기도 돋보였던 수작秀作이었다. 1962년 개봉작으로 212분이나 되는 대작이었다.

3부

# 지금이 금金이다

# 코로나 풍경

아침부터 오슬오슬 춥고 몸이 찌뿌둥하였다. 오후가 되니 콧물이 흐르고, 기침이 나더니 목이 따가워져 왔다. 흔히 있는 감기 증세겠거니 생각하고 평소처럼 여름 남방 차림으로 외출을 했다. 평상시 나는 더위를 많이 타서 에어컨을 선호하는데 그날은 왠지 으슬으슬 한기를 느껴 선풍기마저 거슬렸다. 저녁이 되니 콧물과 재채기가 심해 화장실에 가서 두루마리 휴지로 코를 막았다. 아하! 코로나가 의심되었다.

이튿날 아들이 추석 전 성묘가 걱정되어 집에 왔다. 나의 몰골을 보더니 걱정하며 병원에 가 보자고 하다가 약국에서 비강 도말물 PCR 검사 키트를 구해 왔다. 검사봉을 눈물이 날 정도로 콧구멍 깊이 넣어 돌리더니 비로소 양성임을 확인하였다.

온 식구가 깜짝 놀라 아버지는 고령이시기 때문에 서둘러 병원에 입원해야 한다고 호들갑을 떨었다. 가까스로 성묘도 취소하고 집 안에 격리당하는 몸이 되었다. 코로나에 묶인 몸이 된 것이다.

코로나 바이러스는 호흡기 감염이므로 침방울이 점막으로 오염된다. 환자와의 2m 이내 접근 금지를 권한다. 보건소에서 확인 전화가 오고, 며느리와 손녀에게서도 연이은 문병 전화가 왔다. 비대면으로나마 목소리를 접하니 눈물이 나려고 했다.

아내의 엄명으로 밥도 식탁이 아닌 서재가 있는 내 방 책상에서 혼자 먹어야 했다. 집 안에서도 꼼짝없이 94마스크를 쓰고, 기거하는 장소도 서재가 있는 내 방과 침실로 제한되었다. 아무런 의의도 제기하지 못하고 따를 수밖에 없었다.

어쩌다 규율에서 조금만 벗어나면 속사포 같은 아내의 잔소리가 쏟아졌다. 조금만 위치를 옮겨도 어디서 구해왔는지 소독용 분무기를 들이대고 온 방에 뿌려대니 서류 파일이 온통 소독수에 젖어 짜증이 날 정도였다. 소독수 냄새로 기침도 쿨럭거렸다. 금고라는 징역 형태가 있다더니, 내가 바로 그런 꼴인가 보았다.

음식은 어떠한가. 타원형 작은 쟁반에 소꿉장난처럼 밥, 국, 우육볶음, 김치, 가지나물, 명태껍질, 자반 등 완전 도시락 형태의 식단이었다. 실로 본의 아니게 내 자유가 타의로 인하여 통제되는 수모를 겪게 되었다. 징역 사는 사람들의 심정이 어떨지 어렴풋이나마 이해하게 되었다.

졸지에 손발이 묶인 나는 서재에 있는 컴퓨터를 이용해 코로나를 분석해 보기 시작했다. 나의 처지도 처지지만 앞서 코로나에 걸린 사람들은 어떻게 극복했는지 궁금했다.

코로나의 진원지는 중국에서 다섯 번째로 큰 도시인 후베이성의 우한이다. 우한에는 중국과학원소속 우한병독 연구소도 있다. 2019년 12월 1일 영국 의료기술 논문지는 우한에서 폐렴 신종 바이러스 첫 감염자를 확인한 것으로 보고했다. 그해 12월 31일, WHO(세계보건기구)에서도 원인 미상의 폐렴 발병 사실이 처음 보고되었는데 대부분이 우한 수산물 시장 상인들이었다고 한다

코로나 바이러스의 전파 경로는 매우 다양하다고 한다. 비단 감염자와의 밀접한 접촉이 없더라도 가벼운 일상 생활을 통해서 감염될 수도 있다.

일반적인 호흡기 증후군의 경우, 알파와 베타 바이러스는 포유강의 박쥐목 및 설치목 등을 자연 숙주로 하지만, 델타 코로나 바이러스는 조류를 자연 숙주로 하여 전파되는 것이 관찰되었다.

코로나 바이러스의 중간 숙주는 사슴, 노루, 낙타, 오소리 등의 중형, 대형 포유류 동물이며, 이를 가축화하거나 수렵, 도축하는 행위를 통해 인간에게도 전파된다. 홍콩, 마카오, 대만 정부가 황급히 입국자 검역 조치를 강화했고, 한국, 일본에서도 신종 코로나 바이러스 감염환자가 발생하였다. 내가 지금 그 코로나에 걸린 것이었다.

격리 일주일이 지나자 서서히 회복 조짐이 보였다. 기침도 가라앉고 목도 편안해졌다. 입맛도 돌아와 식탁에서 가족들과 식사를 하게 되었다. 감개무량했다. 소확행이라는 말이 실감나는 순

간이었다.

나는 식탁에 앉아 내 몸을 숙주 삼아 머물다 간 코로나균을 잠깐 생각했다. 사슴이나 노루 등의 중간 숙주들과, 이들을 도축한 인간의 오만에 대해서도 성찰해 보았다.

생각에 잠긴 내 꼴이 안쓰러운지 아내가 불고기를 내 앞으로 밀어준다.

"회복기에는 잘 먹어야 한답니다. 주말에는 애들이 전복을 사 온다네요."

# 궁합 이야기

　　사람뿐 아니라 홍어 삼합처럼 음식에도 궁합이 있다. 김장철 삼겹살 수육을 들깻잎에 싸서 배추 속살과 같이 먹으면 제격이다. 갓 버무려 찢은 김치와 마늘, 초간장, 날된장을 더하면 엄지척이다. 거기에 싱싱한 생굴이 있으면 초장에 찍어 배추 속잎에 얹어 먹는 맛 또한 일미이다.

　뭐니 뭐니 해도 김장철에는 갈치김치가 별미다. 김장김치 버무릴 때 작은 갈치를 토막 내어 생강, 청각 등으로 갖은 양념을 해서 넣어 삭히면 비린내가 나지 않는 갈치 향과 함께 군침이 돌게 하는 별미 반찬이다. 음식 나름에도 풍류와 격식이 있다. 때로는 코가 뻥 뚫리는 홍어 삼합이 제격이자 별미이다. 삼겹살과 미나리, 차돌박이 넣은 된장, 열무와 보리밥도 궁합에 맞는 좋은 식단이다.

　궁합이 맞는 음식이 있으면 상극도 있다. 돈육과 도라지를 같이 먹으면 도라지의 사포닌이 파괴되어 영양 손실을 가져오고 오이와 무, 또는 당근과 오이를 같이 먹으면, 무의 비타민 C가 파괴된다고 한다. 감과 게(crab)를 같이 먹으면 소화불량과 식중독을 유발할 수 있고, 토마토를 설탕에 찍어 먹으면 비타민 손상을 가져온다.

팥죽과 설탕도 궁합이 좋지 않다. 팥의 사포닌 성분을 설탕이 파괴하므로 오히려 팥에는 소금이 좋다. 미역과 파를 섞어 조리하면 미끈미끈한 미역의 알긴산 흡착력을 파가 방해하여 좋지 않고, 카레와 와인을 같이 섭취하면 카레의 건강인자인 쿠쿠민이 알콜과 반응하여 입 안이 타는 듯한 느낌을 준다.

우유와 초콜릿이 함께할 경우 콜레스테롤 수치를 상승시켜 각종 성인병 유발이 우려되고, 치즈와 콩 종류도 역시 좋지 않다. 인(P)과 칼슘(Ca)이 흡수되지 않은 채 그대로 배출되기 때문이다. 홍차와 꿀도 함께할 경우 홍차의 주성분 탄닌이 철분과 결합하여 비흡수 탄닌으로 변하게 되고, 아울러 삼겹살과 차가운 성질의 냉면 역시 상극이라고 한다. 일반 일식집에서 내장 부분의 귀 안텐 소라나 골뱅이를 먹고 식중독으로 천장이 빙빙 돌며 구토하는 경우도 있다.

신문에서 음식 궁합을 읽다가 아내에게 보여주니 눈길도 안 주고 멀리 밀쳐버린다. 우리 궁합이나 분석해 보라고 한다. 나는 웃고 신문을 거두어들인다. 우리 궁합이야 뭐 보나 마나 아니겠는가!

# 새옹지마 塞翁之馬

155미리 야포 부대에서 대한 남아의 4대 의무 중 하나인 국방의 의무를 마친 지가 어언 반백 년이 넘었다.

그 옛날 대학 방학기간 중에는 성서 사단의 ROTC 입소 훈련이 실시되었다. 거의 매일이다시피 완전 군장으로 8km씩 구보를 하고, 유격 훈련 중 쪼그려 뛰기, 코틀막을 제거한 방독면을 쓰고 인내하는 화생방 훈련 등 각종 극기 군사훈련 중에서도 웃음 자아낼 일들이 많았는데, 특히 실탄사격 훈련 중에는 여러가지 에피소드가 있었다.

그 무렵 어느 사격장이라도 그랬듯이 실탄사격장에는 돌발사고에 대비하여 사격군기가 무척이나 엄하였다. 첫 실탄사격 중 생긴 일이다. 사격 통제관의 "준비된 사수로부터 사격개시!"란 구령이 있었는데도 아무도 사격을 하지 않고 있었다.

조용, 잠잠의 수초간이 흐른 후 바로 옆의 누가 "에취!" 하고 기침 소리에 깜짝 놀라, 나도 모르게 방아쇠가 당겨지고 드디어 일제히 사격이 개시되었다.

사실은 모두 "사격 개시!" 구령 후에 "쏴!"란 또 다른 구령이 있을 줄 알았던 것이었다. 사격이 끝나고

"전 사선全射線 사격 끝!"

구령 후에 갑자기 "탕!" 외발 총성이 울렸다. 난리가 났다. 이어

"누가 오발했어?"

엄한 사격 통제관이 무겁게 말을 이었다.

"오발誤發한 사수는 엎드린 자세로 조용히 왼쪽 발 들어!"

조용하였다. 아무도 발을 드는 사람이 없었다. 조교가 오발한 사수 뒤에 가서 발로 툭툭 차며 나직한 소리로

"임마! 니가 오발했잖아? 좌측 발 들어!"

명령하니, 그제서야 그 사수가 기어 들어가는 목소리로

"아입니더! 오발 안 했심더. 저는 1발만 했어예!"

병영훈련 마지막 날에는 종합 사격 시험이 있었다. 각기 실탄 12발 중 3발로 영점 조정하고 9발로 점수가 매겨진 동그라미 표적지에 과녁을 맞히는 과정이었다. 군사학 중 사격 성적을 최종 가늠하는 중요한 시험이었다.

표적함 지하 감적호(방어 토굴)에는 수험생들이 미리 A, B조로 나뉘어 A조 사격 시에는 B조가 투입되어 A조 표적판을 위로 올려 성적을 알려주도록 했다.

횡렬橫列한 표적번호가 조밀하게 붙어 있어서 본인의 사격 자리 번호와 동일한 번호를 정확히 확인해야만 했다. 드디어 기록 사격 시각이 다가왔다.

모두들 '엎드려 쏴 자세'를 취한 상태에서 자기 사격 자리의 번호와 일치하는 표적번호를 확인한 후 통제관 지시대로 왼팔을 들어 올렸다. 나도 조심스레 확인하고 왼팔을 들었다.

이윽고 '엎드려 쏴 자세'를 취하고 있는 우리 A조 사수들에게 각각 실탄 12발이 조교로부터 지급되었다. 사선射線의 모든 상황이 침묵으로 긴장되고 있었다.

여름철 비지땀이 흐르는 기록사격장 더운 땡볕 아래 좌우 여러 명의 조교가 사수들의 이상 유무를 일일이 확인한 후 사격 통제관에게 청색 깃발로 최종 안전신호를 보냈다.

이어서 탄환 1발 장진! 준비된 사수로부터 사격 개시! 탕 타당! 1발 장진, 사격 개시! 탕 타당! 1발 장진, 사격개시! 탕 탕 탕!

"B조 표적판 위로! 영점사격 확인 실시~ 실시 끝! 영점수정~ 확인 끝! 클릭조정 실시~ 실시 끝! 준비된 사수로부터 9발 사격~ 사겨~억 개시!"

이로써 그간 쌓은 우리들의 사격 실력을 확인하는 기록사격이 시작되었다.

나는 신중하게 사격을 하였는데 아직 실탄 몇 발 남은 상황에서 어찌 된 셈인지 감적호에서는 9발의 표적 판 기록지가 모두 좋은 성적으로 올라오는 것이 아닌가?

이게 어찌 된 일인가? 내가 남의 타깃을 보았나? 의문은 곧 풀렸다. 내 왼쪽 옆의 사수가 표적을 오인하여 내 타깃을 조준해 쏜 것이었다. 이의를 제기할 기회도 없이 A조인 우리가 타깃 감적호(지하 방어토굴) 업무로 바로 교대하게 되었다.

그가 전부 내 타깃에 쏘았더라면 문제가 제기될 수도 있었겠으나 그도 후반에 늦게 깨닫고 자기 타깃에 쏘았으니 아무런 이의를 달 수 없었나 보았다.

이리하여 덤으로 받은 사격 성적 덕분인지 나는 명사수가 되어 빠른 군번과 함께 좋은 성적으로 임관하였으나 마음 한구석엔 항상 그 일에 대한 죄책감이 있었다. 그 심적 갈등을 최종적으로 해결해 준 사건이 육본에서 내려온 포병砲兵병과 배정 통보였다. 그 배경은 이러하다.

육군의 꽃은 전투병과 보병이다. 사관학교 출신의 거의 모든 장군들이 전투병과 출신이었다. 우리들은 임관 후 특별히 군에 영구 입신할 장기 복무 희망자를 제외하고는 대부분 의무적으로 보장된 2년 6개월 단기 복무로서 전역을 하게 되어 있었다. 그러다 보니 대구 근교 또는 비전투부대에서 비교적 안일한 병영생활를 희망하는 부류가 많았다.

나 역시 단기 복무로서 가능하면 모교 학훈단의 훈련관으로 배치받아 근무 하면서 대학원 코스를 밟아볼 꿈과 욕심도 있었는데, 상부에서 후보생들에게 사전 희망 병과를 제출받을 때 군사학 성적순으로 특과(의정, 정훈, 병참보안사 등)를 우선 배정받도록 하겠다고 하여 후보생 간의 경쟁을 부추겼나 보았다.

군사학 성적순으로 분류되리라 믿었던 나는 특과가 아닌 전투병과(보병, 포병, 기갑, 공병, 통신) 중 하나인 포병을 받았다. 너무 억울해서 그때 학훈 단장이 묵고 있던 경대 농대식당 하숙방에 찾아갔다. 고참 대령인 서 단장을 직접 만나 2년간의 군사학 성적순으로 특과 배정을 한다는 원칙을 따져보기 위해서였다. 나의 불평을 잠자코 듣고 있던 단장의 뼈 있는 한마디에 결국 나는 대꾸 한번 못 하고 물러났다.

"이 소위 축하하네! 귀관은 혹시 중국고사中國古事에 새옹지마塞翁之馬란 이야기를 들어본 적이 있는가?"

# 고수高手

　　세상이 참으로 요지경이다. 젊고 잘생기고 국
회의원까지 하는 사람이 비트 코인에 빠져 정치생명까지 위태롭
게 되었으니 이를 어찌하면 좋단 말인가!

　친구 중에 대단한 재주꾼이 있다. 같은 고교 같은 반을 졸업했
는데, 집안 사정으로 대학 진학을 못 하고 공군에 입대하여 레이
더 등 정비 기술 분야에 근무하다가 제대한 친구다. 군 복무 시
배운 기술을 살려 대신동 자택 가까운 곳에서 전파사를 개업하여
라디오, 전축 등 음향 기기 수리로 전직기술을 자랑하고 있었다.

　그는 전기기구에 관한 한 타의 추종을 불허하는 기술을 가졌
다. 나도 수시로 고장 난 전기기구나, 일제 내셔널 소형 전축 등
을 그에게 맡겨 '마이더스의 손' 이라는 칭송을 아끼지 않았다.
아무리 복잡한 전기나 전자기기라도 그 친구 손에 맡기면 분해
조립하여 대다수 만족스럽게 수리를 마쳐 누구라도 그의 재주를

인정하지 않을 수 없었는데, 문제는 그의 재주가 엉뚱한 곳에도 쓰였다는 점이었다.

그는 전기의 배선 연결을 누구보다 잘 알았다. 한 발 더 나아가 전력 계량기를 조작하여 전기료를 적게 내는 방법도 터득했다. 어떤 때는 적산 전력계의 배선을 조작한 후 시간이 많이 경과하다 보니 전력계가 오히려 저번 달의 수치를 거슬러 계량되어서, 전력 흐름의 방식을 급히 바꾸는 해프닝을 경험했다고도 했다. 가히 조작기술의 달인이라고나 할까?

그 시기에 슬롯머신이라는 미국에서 건너온 사행기기가 유행을 했다. 친구가 대구에서 몇 군데 안 되는 4성급 이상 관광호텔에나 있을 법한 사행 오락장에 드나들기 시작했다.

나의 경우도 업무 관련 연수차 관비 여행할 기회가 생겨 오랜만에 미 서부 일대를 다녀오게 되었다. 네바다주 라스베이거스에서 동전 처리를 기회로 '외팔이 산적' 이라는 별명을 가진 슬롯머신을 처음 접했다. 여러 곳을 돌아다니면서 쇼핑을 하느라 달러(지폐)만 사용하다 보니 동전(코인)이 많이 모여 주머니가 무겁고 불편했을 즈음 라스베이거스의 카지노 도박장을 관광하게 되었다.

룰렛과 다른 편에 기계음이 무성한 슬롯머신 코너로 갔다. 동행한 가이드 얘기가 돈 다 잃고 짜증 내면서 발길로 슬롯머신 기계를 두들기며 '갓댐' 을 연발하며 떠나는 흑인이 더러 있단다. 바로 그가 물러난 자리에 눌러앉아서 게임을 시도하면 왕창 딸

수도 있다고 했다.

마침 나한테 우연찮게 비슷한 기회가 생겼다. 그 기기 앞에 앉아 얼마 안 되어 과연 릴에 3개의 수박 횡렬이 동시에 나타나더니, 드디어 횡재를 했던 기억이 있다.

문제는 따고 나서 재빨리 그만두든가 아니면 다른 기기로 옮겨야 한다는 후속 비책을 모르고 그대로 눌러앉은 게 화근이었다. 결국 순식간에 먼저 딴 돈 모두를 잃고, 생돈 110달러까지 날리고 말았다. 그때 나는 '도박이란 아편' 이라는 것을 깨달았다.

나의 이 치기 어린 도박과는 달리 그 친구는 이미 슬롯머신의 물리적이고 기술적인 약점을 찾아낼 수 있는 천재성을 지녔다. 슬롯머신에 붙어 앉아 10~15분 정도만 손잡이를 당겨보면 당첨될 확률의 감을 잡아낼 수 있다는 것이다.

정선 등 강원도 폐광지역에도 이 도박기기가 한창 성행할 때 일이다. 이 친구가 대구의 카지노(도박장이 있는 관광업소)에 자주 다니면서 돈을 딴다는 소문이 들려오자 친구들의 관심을 끌었다. 어떤 친구는 돈을 대어주고 판돈을 나눠 가진다는 소문까지 들렸다.

업소에서도 소문이 나서 그 친구가 나타나면 업주가 경계하고, 심지어 담배 한 갑과 팁까지 주어 가며

"우리도 먹고 살아야지요."

하면서 기피한다는 소문까지 돌았다.

얼굴을 익혀 대구, 경주 지역에서는 아예 얼씬도 못 하고, 강

원도 폐광지역으로까지 원정 갔다 온다는 풍문까지 있었다.

세월이 흘러 오랜만에 대구의 모 카지노에 들렀더니, 전성시대의 종업원이었던 청년이 업소의 주인이 되어 그를 알아보고는

"고수님! 오랜만입니다."

주머니에 담배 한 갑을 넣어주더라며 씁쓸하게 웃었다.

# 궁금하다

       오래 전 나는 대학 입시 준비 중 일반 대학에 앞서 공군사관학교 입시에 응시한 적이 있었다. 학업 테스트라는 목적도 있었지만 '특차' 라는 매력도 있었다. 운이 좋았던지 1차 학과 시험에 합격하고 보니 2차 체력 검정과 정밀 신체검사를 받게 되었다. 상경하여 영등포구 대방동에 있는 공군사관학교에서 체력 검정을 무난히 마치고 정밀 신체검사 순서가 왔다. 별걱정 없이 검사에 임했는데 이비인후과 쪽에 문제가 발견되었다. 군의관이 물었다.

    "평소 코감기에 잘 걸리고 가끔 코피가 나는 일이 있지 않던가?"

    검사 소견상 좌측 부비동에 '비후성 비염' 증상이 있다고 하면서 비행에 어려움이 있을 수도 있다고 했다. 무슨 뜻인지 몰라 자세히 물으니, 현 검사 소견으로 합격 여부에는 문제가 없겠으나, 비행 훈련을 할 때 지금의 신체 조건으로는 수송기 등 일반 비행기 조종은 가능하지만 음속 전투기 조종은 불가하다는 얘기였다.

그뿐만 아니라 내가 만일 레이더 전자 공학이나 항공기 정비 같은 지상 근무로 제한을 받게 된다면 승진에 지장이 있을 수도 있다고 했다. 진급의 우선순위가 조종사의 비행 경력이기 때문이었다.

듣고 보니 난감한 생각도 없지 않았으나 반사적으로 공군사관학교에 입학하고 싶은 생각이 더욱 굳어졌다. 당시의 무모하고 철없는 나이로는 파일럿이나 마도로스를 동경할 시기이기도 했다. 모교 졸업생으로 해군사관학교를 나와 훗날 소장으로 진급 후 '해군 본부 인사 참모 부장'을 역임했던 이종사촌 형이 생각났다. 그의 초임 장교 시절 진해로 가족면회 갔을 때 새하얀 사관 교복이 너무 멋있고 탐스러워 사진을 찍고 부러워한 적이 있었다.

파일럿으로는 〈빨간 마후라〉라는 신영균 주연의 보라매 영화가 붐을 이루기도 했다. 인기 배우 신성일(본명: 강신형)의 친형 강신구 소령이 우리나라에서는 처음으로 미국에서 음속 전투기인 팬텀기를 몰고 왔다는 뉴스에 고무되기도 했던 나였다.

사실 처음 공군사관학교 응시 목적은 대학 본 입시 전 특차 시험으로 학업 실력 테스트였지만 막상 체력 검정도 무난했다는 시점에서 그런 문제가 생겼으니 이상하게 마음이 편치 않았다. 군의관이 다시 말하기를 '나도 자네와 같은 고등학교 동문으로서 자네의 필기시험과 체력 검정 결과를 열람해 봤다'고 하면서 '깊이 생각하여 점심시간 후 나한테 자네 뜻을 밝혀주기 바란다'는 요지로 얘기를 마쳤다. 나의 갈등은 더욱 깊어졌다.

점심시간이 되었다. 나는 나와 비슷한 성적으로 응시한 P에게 군의관의 말을 전하며 조언을 듣고자 했다. P의 대답은 간단했다. '우리의 목적은 특차 시험을 기회로 실력 테스트나 하기 위함인데 뭐 굳이 진급도 늦다는데 미련 둘 필요 있나? 나 같으면 깨끗이 포기하고 일반 대학에나 응시하겠다'고 하지 않는가. 그 말을 듣는 순간, 나는 갑자기 뒤통수를 맞은 듯 '아, 맞다! 내가 왜 이런 쓸데없는 고민에 휩쓸리고 있나? 원서 낼 대학에나 신경 써야지'하고는 선배 군의관에게 내 생각을 전하고 바로 하향을 했다.

나는 그 후 의과대학에 실패하고 재수를 거쳐 수의학과로 진로를 잡았다. 졸업 후는 공직의 길로 들어섰고, 평탄한 직장 생활을 마치고 노후로 접어들었다.

P는 사관학교에 합격하여 임관 후 사천 비행장 등지에서 근무하다가 영관 장교가 되었다. 중령 예편 후 집안 친척이 운영하는 남미의 모 비철非鐵 회사에 입사했다는 소식 이후로 연락이 끊겼다. 세월이 흘렀으니 그도 이제 많이 늙었으리라.

퇴직을 하고 P의 소식이 궁금할 때마다 내 마음속 깊은 곳에서는 또 다른 궁금증이 스멀스멀 올라온다. 사관학교 시험 당시 라이별인 그에게 조언을 구했을 때, 그가 진정 나를 생각해서 포기를 권했는지, 아니면 내가 경쟁 상대였기 때문에 그렇게 권했는지.

어쩌면 그는 그런 사실조차 까맣게 잊어버렸는지도 모른다. 기억조차 못 할 수도 있을 것이다. 세월이 많이 흘렀으니까. 나역시 물어보는 것도 바보스럽고 우스꽝스러운 일이라 생각하지만 만날 수만 있다면 머리 희끗희끗한 나이라 솔직하게 털어놓을수도 있지 않을까. 그때 그가 만약 내 입장이 되었다면 그는 어떻게 했을까? 궁금하기는 하다.

# 아버지 기일에

아버지의 기일이었다. 퇴직을 하고, 나 자신이 돌아가실 무렵의 아버지뻘이 되니 해마다 오는 기일도 각별하기 그지없다. 아들이 성인으로 인정받으려면 아버지를 남자로 이해할 수 있어야 한다는 말이 오늘따라 뼈저리게 가슴에 와닿는다. 부모는 어찌하여 우둔한 아들이 깨달을 때까지 기다려 주시지를 않는가?

아버지는 상남자셨다. 술, 담배를 좋아했는데 술에 취해 들어오시면 기분이 한껏 상승하셨다. 약삭빠른 자식들이 그 틈을 타서 이런저런 요구로 손을 내밀면 지갑이 빌 때까지 다 들어 주셨다.

내가 일찌감치 술맛을 들인 것도 아버지 때문이었다. 나는 인근 술도가로 술 심부름을 자주 갔다. 술을 받아 오면서 술주전자에 입을 대기 시작한 것이 술과 친한 계기가 되었다. 처음에는 시

금털털한 게 별맛도 없었는데 술맛을 볼수록 막걸리의 진미를 알게 되었다. 날이 갈수록 주전자에 든 막걸리 양量이 줄어갔다. 어느 날 아버지가

"오늘은 와 술이 반 되밖에 안 되노? 술값 올랐더나?"

하셨을 때는 이미 나는 반술꾼이 되어 있었다.

어느 날 여느 때와 같이 한잔하고 중앙통에서 27번 좌석버스를 탔다. 만원이라 서서 가자니 좌석에 역시 한잔하신 듯한 아저씨 한 분이 고개를 숙이고 앉아 있었다. 안면이 있는 분 같긴 했지만 서로가 취한 몸이라 지나쳤는데, 도착지인 범어동에 같이 내리고 보니 아버지셨다.

"아버지 약주 한잔하셨네요."

하며 부축해서 집까지 오는데 내가 부축해 드리는 게 아니라 두 몸이 서로 부축받는 듯한 형국이었다. 집에 도착하니 어머니가 기가 찬 듯

"못 산다! 자식놈이 더 취했구먼!"

아버지는 언제, 어디서나 당당하고 기죽지 않으셨다. 아무도 나서지 않는 골치 아픈 일에도 스스로 나서 해결을 하셨다. 사람을 좋아하여 주위에 친구도 많았고, 집 안팎으로 항상 인기가 있으셨다.

퇴직하여 유령 회사를 차린 부하 직원의 꾐에 빠져 퇴직금을 날리시기도 했지만 어머니한테조차 위축되지 않으셨다. 아버지 돌아가신 후 내가 어머니와 둘이 있을 때면 어머니는 혼자 소주

한잔하면서 아버지의 남자다움을 토로하곤 하셨다.

"네 아부지 같은 사람도 없다. 상남자였지."

아버지는 자녀들 중에도 특히 장남인 나에게 무게를 실어 주셨고 기대를 많이 하셨던 것 같았다. 아무리 큰 잘못이라도 같은 일로 두 번 야단치시는 일은 없었다.

60년대 대구가 그리 크지 않았던 시절에 여고를 졸업한 다섯째 고모가 내과 의사인 고모부와 결혼하여 약전골목에 내과의원을 개업했다. 당시는 개업의가 귀했다. 남성로 권내과, 옥천병원, 남산병원 등 서너 곳밖에 없었다. 당연히 신랑감 직업은 판, 검사와 의사, 변호사가 각광을 받았다.

나는 한때 신장염을 앓아 그 병원 별채 입원실에서 입원치료를 받았는데 그 영향으로 의사가 되기로 결심을 했다. 아버지도 나의 결심을 반겼으나 역부족으로 의과대학 시험에 떨어지고 말았다.

세상 모든 아버지들은 자식이 희망일 것이다. 또한 자식이 고비일 것이다. 나의 아버지 또한 나에게서 희망과 고비를 보셨을 터였다. 훗날 내가 어른이 되어 아들에게 의과대학을 기대했을 때 아들은 단호히 거절했다. 적성에 맞지 않다는 이유였다. 나 또한 내 아버지처럼 아들에게서 희망과 고비를 본 셈이었다.

아버지는 한때 언론계에 몸을 담으신 적도 있었다. 다재다능하고 예술 분야에도 관심이 높으셨다.

작고하신 후 유품 정리 중에 당신이 작성하신 문예 자료가 더러 발견되었는데, 나의 무지와 급하게 처리한 여러 사정으로 유품은 모두 소각되고 말았다. 아버지의 귀한 자료들과 기록을 모아, 자식된 도리로 조그마한 유품 책자라도 만들어드리지 못한 것이 후회와 회한으로 남는다. 소견 없는 맏아들로서 이 불민不敏함을 어찌할꼬?

# 그 집 앞

1970년대에 대구에서는 녹향, 하이마트, 시보네, 심지 등의 음악감상실 문화가 있었다. 젊은이들에게는 낭만의 온상이었다. 나는 모 감상실에서 시간제 아르바이트를 한 적이 있었는데, 근사한 말로는 'DJDisk Jockey'라고 하였다.

당시는 DJ가 용돈벌이도 괜찮았을 뿐 아니라 인기도 있었다. 손님의 80~90%가 고등학생이거나 대학생이었다. 감상실 접수구에 준비된 신청곡 용지에 원하는 곡을 적어주면, 최대한 빨리 800여 장의 LP판 중 신청곡을 찾아내어야만 했다. 1절 몇 소절은 4~5초 동안 멘트를 한 후 무거운 구식 턴테이블에 사파이어 바늘을 살짝 올려 놓는다. 음악이 흐르면 가벼운 흥분에 휩싸이기도 한다. 연인끼리 온 팀은 차 한 잔씩하며 분위기는 무르익고, 턴테이블 위에서는 바늘을 머금은 레코드판이 조용히 춤을 춘다.

어쩌다 나이가 좀 들어보이는 직장인도 있긴 했다. 한번은 40

대로 보이는 아저씨가 곡명을 잊었다면서 '와~우'라고 시작되는 곡을 들려 달라고 했다. 웃음이 나왔다. 아무 말 않고 〈You mean everything to me〉를 틀어 주었더니, 얼굴이 활짝 펴지면서 따끈한 커피 한 잔을 보내 주었다.

〈그 집 앞〉을 신청곡으로 적어 온 고객도 있었다. 음악을 틀면서 고등학생 때의 추억을 떠올렸다. 마음속으로 짝사랑하던 여학생이 있었는데, 수줍어 차마 말을 걸지도 못하고, 향교 근처에 있는 그 집 앞을 밤 늦게까지 혼자 서성이다 오곤 했었다. 나는 당시 숙맥이어서 그 여학생 앞에만 가면 공연히 잘못한 것도 없는데 더듬거리고 주눅이 들었다. 〈그 집 앞〉은 손님의 신청곡이었지만 마음속으로 내가 그녀에게 띄우는 곡이기도 했다.

그러나 정작 〈그 집 앞〉을 부른 바리톤 가수 오현명에게는 재미있는 에피소드가 전해지고 있다.

대부분의 저음 가수가 그렇듯이 그는 유독 체구가 크고 몸이 굵었는데, 어느 날 대구로 지방공연차 왔다가 여독도 풀 겸 인근 사우나탕을 찾았다고 한다. 세신을 부탁한 그는, 몸의 거대함에 놀란 종업원이 궁시렁거리며 짜증스레 때를 밀다가 몸의 위치를 뒤집어달란 뜻으로,

"디비소!"

하니 무슨 말인지는 모르겠으나 종업원이 짜증을 내고 있다는 것을 눈치채고 얼른 손을 들어 손가락 두, 셋을 펴며

"따따블!"

을 외치니 금세 종업원이 공손해지며

"손님! 디비시이소~."

하더라고 한다. 돈의 위력이다.

〈그 집 앞〉을 들으면 금방 첫사랑의 추억으로 가슴이 아리는데, 정작 노래를 부른 원가수에게서는 '따따블'의 에피소드만 떠오르니 아이러니다.

TV가 보편화되고부터는 감상실 문화가 사라졌다. 대신 각종 노래경연대회가 활성화되었다. 장르도 다양하여 가곡에서부터 트로트까지 자유롭게 넘나든다. 정규 음악대학까지 나온 성악가도 예능 프로에 서슴없이 등장한다. 〈그 집 앞〉도 나왔다.

〈그 집 앞〉을 부른 가수는 오현명처럼 덩치가 컸다. 나는 눈을 뗄 수가 없었다. 밤 늦게까지 그 집 앞을 서성이던 젊은 날의 나와, 신청곡으로 적어준 음악감상실의 그 손님과, '따따블'을 외치던 오현명이 파노라마처럼 뇌리를 스쳐갔다. 그녀는 지금 어떻게 늙어가고 있을까.

# 울릉도에서




고등학교 동기생들과 울릉도를 다녀왔다. 처음 말로만 듣던 울릉도를 아내와 같이 다녀온 건 거의 40여 년 전이었다. 당시는 관광여행사도 C급 수준의 열악한 여행사였고 몇 집 안 되는 민박집도 불편하기 짝이 없는 피난민 수용소 수준이었던 걸로 기억된다. 교통수단이라야 개조형 지프차 같은 승합차와 오토바이 정도가 고작이었다. 지금처럼 스마트 폰도 없었기에 애지중지하던 일제 캐논 카메라를 신주 모시듯 들고 가 이곳저곳 찍어대기 바빴었다. 도동에서부터 걸어서 해발 984m라는 성인봉까지 올라가 사진을 찍고 나리분지까지 둘이 힘겹게 걸어 내려왔던 추억이 있다.

지금 생각하니 모든 것이 초라하고 열악했다. 그저 울릉도 약소라는 값비싼 쇠고기 정식을 먹고 유람선 타고 섬 주변 곳곳을 누볐을 따름이었다. 아내는 뱃멀미를 하여 토하고 눈이 쾡하게 되어 혼났던 기억이 있다. 호박엿도 사 먹고, 피대기 오징어와 취나물, 부지깽이나물 등을 사 가지고 왔다. 그리고 바위 난초 몇 뿌리 채취해 오려다 반출 못 한다고 해서 오는 길에 바위 숲 근처에 묻어주고 귀가한 것이 섬 여행의 전부였던 것 같다.

이번에 고등학교 동창 23명이 울릉도 & 독도 여행길에 올랐다. 모든 여행 상황이 그때와는 판이하게 달라져 있었다. 울릉 일주도로가 S자 형으로 완성되어 복선은 많지 않았다. 10~30도 이상 경사가 높은 곳이 많고, 교행이 어려워 대기를 하는 구간이 많았다. 섬 주위에 180여 대나 되는 관광버스가 현재 등록 운행 중이라고 한다. 이 모든 발전이 전 국민의 독도 지키기 운동과 병행하여 지방자치단체의 노력과 주민들의 성원으로 이뤄졌다고 했다. 종합 병원과 한의원과 약방도 있었다. 1914년에 설립된 울릉초등학교를 비롯하여 중학교와 고등학교뿐 아니라 노인대학(경로당)까지 갖추어져 있었다.

호텔에 도착하여 여장을 풀고 가이드의 안내에 따라 중식을 하기로 되어 있었다. 그날따라 날씨가 좋아 여러 곳에서 관광을 와서 점심시간대가 매우 혼잡했다. 룸메이트로 배정된 K가 호텔 옆 뷔페식당으로 들어가기에 같이 따라 들어갔다. 식당이 크고 좋았다. 우리는 한식뷔페를 배불리 먹고 느긋이 커피도 한 잔씩 하고 유유히 나왔는데, 가이드와 친구들은 우리를 찾아 난리가 난 모양이었다. 식당 선택이 잘못된 것이었다. 나는 난청이라 가이드의 말을 잘 못 알아들었고, 룸메이트인 K는 건망증으로 다른 팀의 식당에 섞여 들어간 것이었다.

방 배정할 때 평소에 자주 만나던 친구와 같이 쓰기로 했었는데 총무가 급한 대로 K와 같이 배정한 것이 문제였다. 우리는 서로의 근황을 잘 모르는 사이였다. 그는 나의 난청을 몰랐고 나는 그의 건망 증상을 몰랐다. 총무 또한 우리 두 사람의 상태를 잘 몰랐다. 뒤늦게나마 총무가 룸메이트 교체를 제안했으나, 고작 이틀 밤 같은 숙소에서 자는데 굳이 번복하기도 귀찮아 그대로 지내기로 했다.

그날따라 나의 난청 증상이 심해서인지 K의 말을 잘 알아듣기 어려웠다. 시간이 갈수록 K에게서는 여러 조짐이 나타났다. 히죽히죽 웃고 궁시렁 궁시렁 중얼거리기도 했다. 욕실에서도 샤워도 하지 않고 양치질과 세수만 하는 등 마는 등 하다가 나오더니 불을 켜 놓은 채 자기 잠자리에 들어 곯아떨어졌다. 나의 난청 증상 때문에 기분이 상했을까 봐 미안한 생각이 들었다.

다음 날은 아침 6시에 기상하여 호텔 맞은편 식당에서 식사를 한 후 독도 관광에 나섰다. 대저해운의 독도쾌속선 '엘도라도호'에 승선하여 꿈에 그리던 독도항에 입항했다. 크고 작은 섬을 겹친 것 같은 독도는 입항했다기보다 도착했다 함이 옳겠다.

미리 준비해 간 태극기를 들고 좁은 독도 접안구역에서 내려와 모두 함성을 지르며 사진을 찍는 등 40여 분간 소란을 피웠는데 K가 보이지 않았다. 여기저기를 찾다 보니 접안구역에서 멀리 떨어진 난간에 혼자서 종이 태극기를 들고 앉아 있었다. 같이 사진을 찍자 해도 대답은 않고 히죽히죽 웃고만 있었다. 순간 내 마음이 짠했다.

내가 만약 룸메이트를 바꾸었다면 그가 얼마나 상처를 받았을까. 나 자신도 청각장애로 온전하지 못한 사람인데 그를 내칠 자격이 있나? 나에게 해를 입힌 것도 아니고 같이 여행을 즐기려 온 것 뿐인데 감히 도움은 못 줄망정 나 편하자고 친구를 외면할 자격이 있는가? 우리 교우회지 제목이 '우리는 언제나 친구'였던 것도 그제야 깨달았다. 잠시나마 그로 인해 불편했던 얄팍한 이기심이 부끄러워졌다. 독도 출항 이후부터는 계획대로 봉래폭포와 내수전 전망대, 촛대암 등을 K와 함께 즐겁게 관람했다. 내 마음이 편안하고 좋았다.

다음 날은 도동항 구름다리를 건너 시원한 해풍과 함께 이름난 고령향나무, 바닷빛이 유난히 맑고 푸른 '행남 해안 산책로'를 손잡고 거닐었고, 독도박물관, 예림원 등을 구경하고 울릉도를 떠났다. 포항 여객 터미널에 도착하자 일행은 근사한 회 정식으로 건배를 곁들여 저녁을 먹고, 대구로 돌아왔다.

K와 함께 반월당 지하 엘리베이터로 같이 내려왔을 때 마침 교행하는 영남대행 지하열차가 이미 진입하고 있었다. 순간 나도 모르게 그의 가냘픈 어깨를 격하게 감싸 안았다. 그의 힘이 내 허리에 전해 왔다. 친구야! 부디 건강하재이~

# 녹명鹿鳴

오늘 아침에는 오랜만에 펑펑 눈이 내린다. 흩어져 이곳저곳 질척했던 낙엽들이 목화솜 같은 하얀 옷을 입었다. 아파트 창문 밖 어린이 놀이터의 모래밭 인조 공원이 아름다운 은빛 물결처럼 희고 매끈한 굴곡을 이루고 있다. 오랜만에 보는 평화로운 광경이다.

요즘은 눈이 그리 많지 않아 옛날처럼 눈싸움을 하거나 눈사람 만드는 낭만은 드물다. 날씨가 추워져서 설경도 귀하다. 곧이어 눈이 그치면 칼바람이 몰아치는 강추위가 계속되기 때문이다.

지구는 온난화가 아니라 점점 식어가고 있는 것 같다. 조물주가 늦게 창조한 아담 이브의 후예들이 하는 짓거리가 미워서인지, 따뜻한 양지를 주시기 싫은가 보다.

세상이 각박하다. 인정이 메마르고, 서로 돕고 살기보다는 무슨 일이 있으면 헐뜯고 욕하고 모함하기 일쑤다. 씁쓸하다. 양보

하는 사람은 바보가 되고, 제 잘못을 예사로 남에게 뒤집어 씌운다. 제 것을 뺏길까 봐 고래고래 고함을 지른다.

중국 고서 『시경』에는 '녹명鹿鳴'이란 말이 등장한다. 먹이를 발견한 사슴이 다른 배고픈 동료 사슴들을 불러 나눠 먹기 위해 우는 울음소리를 말한다. 수많은 동물 중에 사슴만이 낸다는 세상에서 가장 아름다운 이 울음소리를 '녹명'이라고 한다. 여느 동물들은 저 혼자 먹고 숨기기 급급한데 사슴은 오히려 울음을 높여 함께 나눈다는 것이다. 인간 세상에서는 사슴 무리가 평화롭게 울며 풀을 뜯는 풍경을 어진 임금이 신하들과 함께 어울리는 것에 비유했다고도 한다.

녹명에는 홀로 사는 게 아니라 더불어 같이 살고자 하는 마음이 담겨 있다. 우리의 각박한 삶에도 서로 돕고 용서해 주며 어질게 살아가는 미담이 더러 있긴 하나, 서로가 경계하고 모르쇠로 일관하고 어려움을 무책임하게 떠넘기고 회피하려고만 하는 삶이 두렵지도 않은지 못내 아쉽다.

세상이 너무 각박하다. 모두 '너 죽고 나 살자' 식으로 앞뒤도 없고, 노소도 없고, 예의도 없다. 교편을 잡았던 친구가 길에서 담배 피는 학생 그룹을 보면 피해 지나가고 어쩔 수 없이 조우하면 기껏 한다는 소리가 가관이다.

"원래 청소년의 흡연은 몸에 해로우니 적당히 피워."

더러는 어린 여학생도 합세한다니 더 가관이다. 일부이긴 하지만 지하철 안에서 벌이는 애정 행위도 도를 넘었다. 일부러 모두 보라고 하는 것 같기도 하다.

어느 부잣집에 외아들을 둔 부부가 대졸 며느리를 맞아 남부럽잖게 자랑하며 살고 있었다. 그런데 시집온 며느리의 언동이 점차 마음에 들지 않아서 시어머니가 참다가 한마디하고 말았다. 그러자 며느리가 말했다.

"어머님은 소학교밖에 안 나오셔서 요즘 세상을 잘 몰라요. 그런 말도 안 되는 잔소리 이제 그만두세요."

이를 본 시아버지가 어느 날 조용히 며느리를 불렀다.

"요즘 시집살이 고생이 많지? 그간 고생도 많이 했으니 친정에 가서 오라고 할 때까지 푹 쉬고 있거라."

친정 간 며느리가 한 달이 지나도록 시댁에서 연락이 없자,

"아버님, 이제 돌아갈까요?"

하니 시아버지 말씀이,

"아니다, 얘야. 너희 시어머니가 이제 대학을 입학했으니, 무사히 졸업하면 그때 오도록 하거라." 했다고 한다.

세상이 갈수록 삭막하다. 오늘따라 수많은 동물 중에 사슴만이 낸다는 세상에서 가장 아름다운 울음소리 녹명이 그립다.

# 지금이 금金이다

　　등뼈 해장국은 내가 즐겨 먹는 음식이다. 이 음식의 원조는 홍천 뚝배기로 알고 있다. 육미가 한참 귀할 때 서민들이 장날이나 저잣거리에서 국밥으로 한 그릇 말아 시큼한 김치, 풋고추 곁들여 비우는 전통 음식이다.

　　이전에는 돼지의 수육 부분과 족발, 돼지머리를 제외한 등뼈는 별로 쓸모가 없었다. 돼지 등뼈를 시래기 나물과 함께 푹 고아서 밥 한 그릇 뚝딱 말아 장날 곡기를 채우고 막걸리 한 사발 걸치는 풍류는 우리네 서민들의 멋이었다.

　　지금은 이 음식에 누가 착안하여 탕 솥에 감자를 깔고 살을 많이 붙인 돼지 등뼈를 갖은 양념으로 버무려 익혀서 '감자탕' 이란 이름으로 바꿔 고급 메뉴로 호객을 한다. 여러 곳에 체인점을 만들어 상권을 확장하고 있다.

　　내가 즐기는 등뼈 해장국은 감자탕 수준까지는 가지 않고 홍천 뚝배기의 진화 수준인 등뼈 시래기 해장국이다. 가격도 저렴하고 등뼈에 붙은 살을 발라 먹는 재미가 제법 쏠쏠하다. 나이가 들어 식사량이 줄어 식당의 등뼈 해장국 포장 1인분의 양도 나에게는 좀 많다. 국물을 남기는 경우가 많은데 한 그릇 포장하여 둘이 나눠 먹으면 알맞은 분량이다.

예전에는 한방에서 닭은 풍이 있다 하여 치료 중에는 피했는데 요즘은 한방에서도 금기의 개념조차 사라진 지 오래다. 삼계탕이나 토종닭 등으로 백숙을 하여 고아 먹이면 사위에게 가장 큰 음식 대접으로 여겼으나 이제는 백숙이란 개념도 희미해지고 부분육으로 많이 활용한다.

그중에서도 주목을 받는 것이 닭갈비이다. 옛날 중국 위나라의 시조 조조가 닭고기를 좋아하였는데 닭의 갈비 부분은 볼품이 없고 살이 적어 버리기는 아깝고 먹기도 불편해서 지어진 이름이라 한다. '계륵(닭의 늑골)'이라고도 한다.

그러나 지금은 춘천 닭갈비를 원조로 하여 전국으로 체인점이 확대되어 성황이다. 이름만 닭갈비지 내용은 닭갈비뿐만 아닌 닭고기 전체의 여러 부분이다.

우생마사牛生馬死란 말이 있다. 홍수 때 소와 말이 강을 건너게 되는데 말은 힘도 세고 헤엄칠 줄도 알고 지혜로웠다. 반면에 소는 헤엄을 못 치고 아둔하였다. 성질 급한 말은 빨리 가려고 온 힘을 다해 물을 거슬려 올라가다 제 힘에 지쳐 물살에 휩쓸려 빠져 죽고 말았다. 그러나 느긋하고 아둔하고 헤엄도 못 치는 소는 물길 따라 떠내려가면서 강기슭에 닿아 살았다는 이야기다. 계륵과 일맥상통하는 말이다. 더러는 어렵고 힘든 상황에 흐름을 거스르지 말고 소와 같은 지혜를 배워야 하겠다.

우주 과학의 기술 진전에 따라 달나라는 가까워졌지만 우리의 이웃은 멀어졌다.

예전에는 먼 길을 걸어서도 어른을 찾아뵈었지만 지금은 자동차를 타고도 찾을 줄 모른다.

예전에는 병원이 없어도 아픈 곳이 적었지만, 오늘날은 병원이 사방에 깔려 있어도 아픈 사람과 아픈 곳은 더 많아졌다.

옛날에는 사랑할 기회와 표현을 적게 해도 애들은 늘어났지만, 요즘은 진하게 사랑을 많이 해도 애들은 줄고 자손이 귀하다.

옛날에는 짧게 살아도 웃으며 행복하였지만 요즘은 길게, 오래 살고 있지만 재미없고 불행하다.

예전에는 대가족이 함께 살아도 다투고 싸울 줄 모르고 동기간에 의좋게 살아 왔으나, 오늘날은 핵가족이 살아도 싸움하기를 무슨 벼슬로 알고 살아간다.

예전에는 범죄가 없으니 법 없이도 평화롭게 살아왔지만, 오늘날은 하루가 다르게 신문 사회면을 장식할 정도로 범죄가 많으니 법 없이는 살 수가 없다. 콩 한 쪽도 이웃과 나누어 먹던 예전에 비해 이제는 남은 콩 반쪽도 빼앗아 가려고 혈안이다.

옛날에는 어른이 대접받고 살았지만 오늘날은 젊은이가 대접받고 싶어 한다. 삼강오륜이란 말조차 잊어버리고 족보가 땅에

거꾸로 물구나무 선 세상이지만 어쩔 수 없이 이제는 눈 한번 질 끈 감고 너털웃음을 웃을 수밖에 없는 기막힌 세상을 어떻게 살아갈 것인가.

늙어 노년에 쓰겠다고 못 먹고 아껴서 자식 물려줄 생각 말고, 남은 인생이나마 즐기면서 살아가길 바란다. 못 먹고 못 입고 힘들게 아껴 놓은 재산, 자식들에게 물려주려다 분배 오류로 가족 간에 싸움 나고 원수지게 하지 말기 바란다.

부부끼리 정답게 쓰고, 나중에 입으려고 장롱 안에 포개어 간직한 좋은 옷은 당장 꺼내어 입고 새 신발도 꺼내 신기 바란다. 다리에 힘이 남아 있을 때 산천경개 두루 구경하며 지금이 마지막이라는 생각으로 미리 유서 준비해 놓고, 해외 여행이라도 다녀오길 권한다. 시간은 흐르고, 우리는 얼마 남지 않았다. 지난날과 훗날은 모두 은이다. 지금이 금金이다.

# 오래된 집에

나이가 드니 인지 능력이 감퇴되고 귀까지 어두워 금방 들은 얘기도 아삼아삼 잊어버린다. 친구 근황을 물으려고 하니 그 친구의 이름이 얼른 생각이 나지 않는다. 난감해서 이래저래 속앓이를 하고 있다.

며칠 전 아내가 냉장고에 보관했던 남은 제사 음식을 시장한 김에 제대로 덥히지 않은 채 먹었다. 토사곽란으로 배탈이 나서 눈이 쾡하게 되어 밤새 변소를 들락거리다 활명수를 두 병이나 먹고 새벽녘에 겨우 잠이 들었다.

이튿날 아침 식사도 거르고 잠이 든 아내를 측은하게 내려다보다 출타할 일이 생겨 밖으로 나갔다. 볼일을 마치고 점심때가 되어 아내가 걱정스러워 전화를 했다.

"속은 좀 어떻소? 죽이라도 먹었소? 뭐 필요한 건 없나?"

아내는 힘없는 목소리로 올 때 금복주 한 병 사 오라고 하였다.

순간 귀 어두운 내가 잘못 들었나 생각하고 다시 물으니 역시 금복주 타령이었다. 가만히 생각하니 뭐 요리할 때 소주나 정종을 쓰던 생각이 나서 그래도 아침 굶고 간 남편이 마음에 걸린 모양이라 짐작하고 내심 고마운 생각이 들었다.

"김치냉장고 안에 참소주 두 병 있잖소."

했으나 아내는 또 금복주 타령이었다. 아차! 난청인 내가 잘못 들었구나 싶어 잘 안 들리니 폰에 문자 넣으라 했더니

"올 때 약전골목에 있는 전복 식당에 가서 전복죽 한 그릇 포장해 갖다 주소!"

라고 문자가 오는 것이 아닌가. '전복죽'을 '금복주'로 잘못 들은 것이었다. 나 원 참! 내가 이렇게 온당치 못한 삶을 살고 있는 걸 아내도 잘 모르니 누구한테 하소연할 것인가?

나는 김장철에 월계수 잎을 넣어 삶은 돼지고기 수육을 찢은 김치로 싸서 먹는 걸 좋아한다. 그런데 그 월계수 잎이 생각이 안 나서 생굴하고 그 월계관 넣고 삶은 수육을 먹고 싶다 했더니 아내는 아내대로 '월계관'이라는 이름의 옛날 정종을 떠올리고는

"월계관 사라진 지가 언젠데 그 술을 찾소? 누가 돼지고기를 정종 술에 삶는단 말이오?"

"거 왜 술 말고 버들 잎사귀 같은 거 있잖나?"

"월계수 잎사귀 말이오? 말을 하려면 확실히 좀 하소!"

무안하게 핀잔을 들었다. 이제는 청각 장애와 더불어 건망증까지 어깨동무하여 중중장애자 수준에 이르렀다.

그뿐인가. 어느 날은 집 안에서 휴대폰을 분실했다. 아내 전화기로 신호를 보내니 냉장고에서 소리가 났다. 문을 열어보니 냉장실 상단에 맵시도 우아하게 휴대폰이 놓여 있는 것이 아닌가. 어찌나 반갑고 이쁘던지 다정하게 쓰다듬던 중 친구한테서 전화가 왔다. 나는 대뜸

"아이고, 친구야. 냉장고 안에서 많이 추웠지?"

"임마! 무슨 소리야? 지금 초여름이잖아?"

옆에 있던 아내가 휴대폰을 빼앗더니 친구에게 휴대폰 분실 사건을 설명한다. 치매 검사라도 해야 할 판이라고 면박을 준다.

어쩌면 나는 이제 치매 문턱에 이르렀는지도 모를 일이다. 여자는 늙으면 골동품 대접이라도 받는 모양이던데 남자는 늙으면 어디다 쓸꼬? 아무짝에도 쓸모없는 폐지 취급이나 받는 것은 아닌지 모르겠다. 오래된 집에, 늙은이 둘이서 서로의 늙음을 나무라며 살아가고 있다.

# 킹스맨 퍼스트 에이전트

영화 〈킹스맨 퍼스트 에이전트〉를 관람했다. 3편의 킹스맨 시리즈 중 세 번째 편이다.

영화는 비밀리에 운영되는 독립정보기관인 '킹스맨 에이전트' 탄생 내역과 근세사 최대의 비극인 제1차 세계대전을 배경으로 실존 인물에다 영화적 상상력을 가미하여 스토리가 진행된다.

주인공 올랜도 옥스퍼드 공작은 반전주의적 성향을 보인다. 폭력을 쓰더라도 궁극적으로는 평화를 수호하는 평화주의자가 되어야 한다는 메시지를 보낸다. 영화에서는 가족에 대한 사랑, 리더십, 감정적인 갈등 연기에다 구식 총검으로 재현한 실감 나는 격투 장면 등 볼거리가 많았다.

1902년 대영제국이 현지 보어족과 전쟁을 벌이던 시기에 공작은 남아프리카로 가게 되는데, 거기에서 아들과 함께 강제수용소에서 인권유린을 당하는 포로를 위해 적십자 후원자로 일하게 된다. 그러나 도착하자마자 적의 습격을 받아 그 자리에서 아내와 어머니를 잃고 만다. 그래서 공작은 '다시는 아들에게 전쟁 참상을 보여주지 말라' 는 아내와의 약속을 지키기 위해 평화주의 신념을 더욱 굳히게 된다.

1914년 유럽이 제1차 세계대전 위험에 휩싸인 시점, 공작은 대외적으로 영, 독, 러의 복잡한 국가 이해관계에 개입해야 하는 시기에 믿음직한 유모 폴리, 집사 숄라와 함께 자체적으로 비밀 정보기관을 운영 중이었다.

그로부터 12년 후 장성한 10대 아들 '콘래드' 가 공작의 만류에도 불구하고 귀족 특권을 포기한 채 전쟁터에 가려 한다. 아들의 끈질긴 입대 허락 요구에 공작은 참전 없이도 국가를 위해 헌신할 수 있도록 만든 자신의 비밀 조직을 비로소 공개하게 된다.

그 시기에 러시아는 현명하지 못한 황제 니콜라이 2세가 통치하고 있었다. 그때 하나뿐인 아들 알렉세이 니콜라예비치의 로마노프병(혈우병)을 호전시켜 황제의 신임을 얻은 호색한 라스푸틴이 국정의 권력을 제멋대로 휘두르고, 제정 러시아 몰락에 일조하며, 러시아 황실을 배후 조정하는 등 광기 어린 악당 조직들이 판을 치고 있었다.

영화는 라스푸틴의 요승스러운 음침한 호색 분위기와 독특한 액션으로 볼거리를 주었고, 전쟁 모의 광기 시대에서 이를 막으려는 이와 그가 비밀리에 운영 중인 독립정보기관 킹스맨의 최초 미션, 그리고 베일에 감춰졌던 킹스맨 탄생 배경과 기원을 묘사

했다. 100년 전 유럽과 킹스맨 양복점의 초창기 모습이 볼거리를 제공하고, '킹스맨의 설립 과정을 독립적으로 다룬 작품'이라는 평판을 받을 만하다. 지구를 살릴 방법은 인류 제거라고 믿는 미친 천재들로 구성된, 살인자 집단의 탄생과 이에 대한 대비가 시리즈의 이전 작품과는 비교가 된다.

아울러 $CO_2$(이산화탄소) 과잉배출은 기후 위기의 중대한 원인이라는 설정을 통해 우리에게 반성할 기회를 준다.

세상에는 밝음과 어두움이 존재하고 선과 악이 공존한다. 이들이 모두 본질적으로 역사를 구성하는 실체이며, 숙명적으로 세상의 흐름을 꾸며나가는 요소들이다.

동서양을 막론하고 한 왕조의 성쇠成衰는 정권 말기의 제왕과 각료들의 단합 또는 이산으로 결정된다.

우리나라 역사상, 국가의 난시難時에는 이순신 장군 같은 충신 승장忠臣勝將이 배출되었지만 원균 같은 간신 패장도 자리했으니, 이 또한 역사의 아이러니이다.

부패한 고려를 개혁하려 했지만 결국 권력에 취해 타락해 버린 요승妖僧 신돈과 비교될 수 있는 제정帝政 러시아의 라스푸틴 역시 러시아 황실 뒤에서 비선 실세로 조종하는 광기의 사내로 등장하여, 괴술怪術과 대물大物로 러시아 제국을 멸망시킨 요승妖僧이었다.

4부

# 다람쥐와 건망증

# 말의 씨

나는 청각 장애인이다. 보청기 없이는 정상적인 대화가 어려운 상태다.

2003년 여름으로 기억한다. 퇴직하고 얼마간 사회적응 한다는 미명하에 여러 곳을 둘러보고 여행 다니느라 직장 다닐 때보다 더 분주한 때였다. 중, 고등학교 동기들의 모임에서 무슨 자격증 얘기가 나왔다. 조건이나 능력에 따른 바람직한 자격증이 아니라 난청인에게 발급하는 '청각장애 복지카드' 를 이른 것이었다. 한 친구 얘기가 국, 공립 이비인후과에서 청력검사를 받아 난청이 확정되면 행정기관에서 복지카드를 받을 수 있다는 것이었다. 이러한 복지카드를 '자격증' 이란 은어로 불렀다.

문제는 비정상적인 사이비 카드 발급에 대한 허욕이었다. 복지카드가 있으면 여러 가지 혜택이 있었다. 공공 문화시설, 사찰, 병원의 입장료 및 주차시설 무료 이용, 대중교통 열차, 항공료의

감면 또는 할인 혜택, 일부 차량 구입 및 고속도로 통행료 할인 등이었다. 장애인에 대한 특별 배려로 시행된 정부의 복지정책이었다.

당시 나에게는 가벼운 난청 징후가 있었지만 자격증을 받을 정도는 아니었다. 그러나 친구가 시키는 대로 이비인후과에 가서 리시버를 끼고 청력검사 할 때 아주 큰 소리를 제외하고는 들린다는 표시를 하지 않았다. 검사 후 의사는 다음 주에 한 번 더 나오라고 했다. 친구한테 전말을 보고했더니 잘했다고 하면서 다음 주 갈 때는 의사가 얘기하면 고개를 갸웃하면서 귀를 가까이 대는 듯 연기를 하고, 의사가 듣기 싫은 농을 하더라도 욱하지 말고 못 알아들은 척하라고 했다. 이렇게 철저하게 사전교육을 받고 2차 검사에 태연히 임했더니 무리 없이 합격이 되었다. 아! 기막힌 나의 연기력! 사법고시라도 합격한 것처럼 친구와 둘이 향촌동에서 밤 늦도록 술을 퍼마시고 이튿날 동사무소에 가서 검사소견서를 내미니 10일 후에 복지카드를 받으러 오라고 했다.

신기한 것은 이렇게 편법으로 복지카드를 받고 나니 실제로 내 귀가 서서히 멀어져 가는 것이었다. 말이 씨가 된 건가? 자업자득自業自得인 건가? 난청 증세가 서서히 심해지더니 드디어 보청기 없이는 못 알아들을 정도의 청각장애자가 되고 말았다.

울어야 하나, 웃어야 하나. 복지카드 취득을 위해 가짜 청각장애인 행세를 하던 어리석은 내가 이제는 진짜 장애인이 되어 있다.

# 나와 운전

　　아내가 2종 보통 면허를 받아 자랑을 하기에 덩달아 나도 운전면허 시험에 응시하게 되었다. 필기시험에 만점을 받으니 채점관이 응시자 모두에게 나를 호명하여 칭찬을 해주었다. 어깨가 으쓱하였는데 그게 아니었다. 필기시험 만점자치고 실기시험에 바로 합격하는 사람 없다는 징크스는 나 같은 사람을 두고 한 말이었다.

　나는 실기시험의 로드 테스트에서 그만 실격하고 말았다. 얼마 후 원서에 수입인지를 엄청 붙여 다시 실기시험에 임했다. 당시는 소형 트럭 운전석에 2인이 타고 로드 테스트 실기를 봤다.

　1차 실기시험에 낙방하고 다시 두 번째 실기시험을 보러 갔을 때 일이다. 1종 보통 실기시험에는 응시 대기자가 많아 트럭 뒤 짐칸에까지 서너 명이 미리 타고 있었다. 운전석에 응시자가 앉고 조수석에 시험관이 앉아 채점을 했는데 응시자가 운전대 조작

중 실수로 윈도우 브러시 레버를 잘못 건드려서 갑자기 윈도우 브러시가 작동하면 시험관은

"어~ 바쁘다, 바빠! 소나기도 오고~."

하면서 농을 걸기도 했다.

당황하여 등반 코스에 실수한 수험생에게 실격 판정을 내리려 하면 실수한 수험생이 울상을 했다. 시험관에게 응시원서 앞뒤를 수입인지로 도배한 자기 수험원서를 보이며, 애원 섞인 얼굴로 사정을 했다. 그러면 시험관이 차 뒤 짐칸에 타고 있는 우리들을 뒤돌아보며

"봐줄까요?"

하면 우리는 동병상련이라 모두 "봐줍시더!" 하여 2차 등판으로 그는 겨우 합격하였다. 그 수험생은 우리들에게 고맙다고 고개를 열 번도 더 숙여 인사를 했다. 나도 작은 실수가 있었으나 같은 경우로 덕을 봐서 무난히 합격을 하였다. 아내보다 한 수 위인 1종 보통 면허를 땄다.

그 후 르망이라는 중고 승용차를 구입하여 출퇴근을 하게 되었는데 어찌 된 셈인지 교통경찰관 앞에만 가면 시동이 꺼져버렸다. 면허증을 제시하라기에 깨끗한 새 면허증을 보여줬더니, 씨익 웃으면서 경례까지 붙였다.

얼마 후 직장에서 윌리스 지프차인 통근 차량이 배정되니 내 차는 자동으로 운전에 굶은 아내가 차지하게 되었다.

나는 아마 천성적으로 운전 감각이 둔한가 보았다. 어느 날 조

수석에 아내를 태우고 길을 나섰다. 일직선 고속도로에서 속도를 좀 내었더니 과속으로 경찰이 따라붙었다. 그 일을 계기로 아내의 잔소리가 심해졌는데 그럴 때면 종종 운전에 얽힌 남의 얘기를 끌어와 대처하곤 했다. 이를테면 이런 식이다.

어떤 아줌마가 과속으로 오다 보니 저 멀리 교통경찰관이 급히 차를 세우고는 정중하게 "댁 같은 과속 운전자를 기다리고 있었습니다." 하며 너스레를 떨자 속도를 줄여 도착한 아줌마가 미소를 지으며 "그러잖아도 댁이 기다릴 것 같아서 빨리 오느라고 과속하게 되어서 죄송합니다."라고 응수했다.

"아주머니 미소가 고마워 딱지는 안 떼겠습니다. 교통경찰 10년에 댁 같은 미소와 유머는 처음이니 이번에는 그냥 가시고 앞으로는 절대로 과속하지 마세요." 했다고 한다.

그 얘기를 듣고도 아내의 잔소리는 멈추어지지 않았다. 조수석 아닌 뒷좌석에 앉아서도 잔소리는 계속되었다. 한번은 대명동 삼각 로터리에서 회전하다가 갑자기 진입한 차량과 추돌 사고가 발생하고 말았다. 내 잘못만은 아니었으나 옥신각신하며 시시비비를 가리려고 짜증 나던 사건을 기점으로 아내는 다시는 내 차를 타지 않겠노라고 공언했다. 나는 새로운 에피소드를 제공했다.

친구 녀석이 장모님을 조수석에 태우고 운행하던 중 장모님이 안전벨트를 안 한 상태에서 앞에 있던 교통순경이 눈에 띄자, 깜짝 놀란 장모가 엉겁결에 급히 안전벨트를 당겨 고리에 끼우기 직전에 발각되고 말았다.

교통 순경이

"다 봤심더. 오른팔 치우이소!"

하자 장모님이 얼굴을 벌게가지고 순경을 향해

"니 곁으마 오른팔 치우겠나?"

"할머니, 적발 안 할 테니 안전띠나 안전하게 매시고 가급적 뒷자리에 따님과 함께 편안하게 앉아 조심해 가시이소!"

하며 웃으면서 경례를 붙이더라는 얘기였다.

나는 퇴직 후 자연스럽게 손에서 핸들을 놓고 말았다. 그동안 내 차가 은근슬쩍 아내에게 넘어간 탓도 있거니와 혹여 소유권을 주장할까 봐 아내가 나의 사고경력을 낱낱이 주워섬기면서 운전이 적성에 맞지 않음을 주장했기 때문이다. 나는 동의했다. 속셈으로는 퇴직도 했겠다 이참에 술이라도 편안하게 마셔보겠다는 구실도 있었다.

# 각자무치 角者無齒

각자무치角者無齒라는 말이 있다. 뿔이 있는 짐승은 이가 없다는 뜻으로, 한 사람이 여러 가지 복이나 재주를 한꺼번에 다 가질 수 없음을 이르는 말이다. 생각할수록 일리가 있는 말이다. 뿔이 있는 소는 날카로운 이빨이 없고, 이빨이 날카로운 호랑이는 뿔이 없다. 날개 달린 새는 다리가 두 개뿐이고, 날 수 없는 고양이는 다리가 네 개다. 예쁘고 아름다운 꽃은 열매가 변변찮고, 열매가 귀한 것은 꽃이 별로이다.

학창 시절, 나는 암기력이 비교적 괜찮은 편이었다. 고등학교 화학 시간에는 원소를 원자번호와 화학적 성질에 따라 배열한 주기표 99가지인 원소주기율표를 반에서 제일 먼저 주기 순서와 배열 기준에 맞게 외워서 선생님께 칭찬을 들었다. 그날 선생님으로부터 송죽극장 〈바이킹〉 영화표를 상으로 받아 친구와 함께 관람했다.

그뿐인가. 고려시대, 조선시대 역대 왕조의 순서도 남보다 빨리 외웠고, 수학의 파이 3.14159…나 국어의 「사미인곡」, 「속미인곡」, 옛시조 등 암기과목의 대부분을 단숨에 암기하여 친구들의 부러움을 사기도 했다.

암기력이 좋다 보니 영어 과목도 성적이 좋았다. '소야'와 '삼위일체' 영문법을 강의하던 임옥식 선생님이 단어를 빨리 외우기 위한 요령을 가르쳐 주었다. aban-don(버리다, 포기하다)을 어! 번돈을 포기하다, a-buse(남용하다, 낭비하다)를 어! 비워서 낭비하다, mag-nifi-cent(당당한, 화려한, 훌륭한)를 당당하게 마구 내 빚 쓴다라고 떠올리라고 했다.

그 방법이 재미가 나서 학원식으로 무식하게 단어 암기를 했는데, 그러다 보니 영어에 취미가 붙기 시작했다. 어느 과목이든지 동기 부여로 흥미를 가지면 잘할 수 있는 것 같다. 내 딸도 학창시절 'New kid's on the block'이라는 미국 남성 보컬 팀에 매료되어 영어에 재미를 붙였다고 했다. 대졸 후 어학원을 졸업하고 동시통역사가 되었다.

문제는 수학이다. 나는 수학에 꽝이다. 수학 잘하는 사람을 보면 기이하기도 하고 존경스럽기까지 하다. 아내가 처녀 시절에 계수에 밝기에 수학을 잘하는 줄 알고 호감을 가졌더니 고스톱판의 자기 점수 내기와 돈 계산만 빨랐지 수학 머리가 있는 것은 아니었다. 그래서 아들에게는 수학 잘하는 며느리를 보고 싶다고 노골적으로 밝혔더니, 소원을 풀었다.

아들은 석사 과정 이수 중 교수 연구실에 조교로 근무할 때 같은 과 2학년 후배를 연구실 조수로 쓰게 되었다. 선발한 배경은 성적이 과 전체 수석이라는 점이었다. 아들도 옛날 나처럼 암기력은 괜찮으나 수학에는 젬병이라 후배의 학업 성적이 올 A이고 수학 천재라는 말에 호감이 갔던 모양이었다.

어느 날 아들이 하학 후 집에 왔을 때, 밤중에 조수로부터 급한 전화가 왔다. 서둘러 가보니 교수 연구실이 온통 연기에 싸여 매캐하고 얼굴과 가운 등 온몸이 새카맣게 그슬린 후배 조수가 어두운 형광등 밑에서 혼자 서류정리를 하고 있더란다. 연유를 들으니 연구실의 담뱃불로 추정되는 화재 발생으로 혼자 불 끄기가 역부족이라, 급한 김에 집 가까운 조교를 찾았다고 했다.

후배는 가까스로 불은 껐으나 불탄 일부 서류가 걱정된다고 울먹였다. 그 순간 그녀의 책임감과 위기 대처 순발력이 기특하여 격한 포옹을 했다나 어쨌다나. 그것이 계기가 되어 둘은 결혼을 하게 되었다.

며느리는 과연 수학 머리가 좋았다. 특히 분석력이 좋아 복잡한 계산을 암산으로 답해낼 때는 혀를 내두를 정도다.

퇴직을 하니 시간이 널널하다. 무료한 시간에 간혹 친구들이 카톡으로 퀴즈 문제 비슷한 수학 게임을 보내온다. 그러면 나는 문제를 풀어보다 짜증이 나서 그만두고, 자연과학에 해박한 몇몇 지인들에게 재미 삼아 보내 본다. 자타가 공인하는 수학 박사가 기다렸다는 듯이 잽싸게 답을 보내온다. 거의 동시에 며느리와

손녀로부터도 정답이 와서 나를 기쁘게 한다.

시간이 한참 지난 후에 낑낑대며 오답을 보내오는 친구들은 나와 비슷한 수준이다. 나는 의기양양하여 정답을 알려 준다. 정답이든 오답이든 신神의 입장에서 보면 각자무치角者無齒일 터이다.

# 병영 일지

　　서재 정리를 하던 중 문득 빛바랜 일기장을 꺼내 본다. 1967년이니까 55년 전의 해묵은 일기장이다. 이런 골동품이 아직도 꽂혀 있었다니. 신기하여 서재 귀퉁이에 앉아 몇 줄 읽다가 아득한 총각 시절 회상에 잠시 눈을 감는다.

　　"한 소녀 찾아와 날 찾거든 전선으로 떠났다 전해 주오.
　　남긴 말 없었드냐 묻거들랑 가만히 고개만 흔들어 주오
　　그 소녀 두 눈에 이슬 맺히거든 그도 울먹였다 말해 주오."

　　위 글은 내가 입대할 무렵에 유행하여 입대자는 누구나 가슴을 뭉클하게 하던 작자 미상의 삼행시였다. 대한민국 남아라면 누구든 병역의 의무를 다하기 위해 입대할 즈음에는 가족과의 헤어짐에 따른 애환이 있겠고, 또한 남녀 간의 애틋한 사랑과 기약 못 할 이별의 눈물이 있을 게다.

　나 역시 향토 50사단에서 학훈 기초 군사훈련을 거쳐 임관받아 광주 포병학교에서 직무훈련을 마친 육군 포병장교가 되어 있었다. 가까웠던 친구와도 헤어져 낯설고 물설은 전방 양구지역 포병 대대인 155미리 야포부대에서 대한 남아의 기본 의무 중 하나인 국토방위의 의무를 수행하기 시작하였다.

　당시는 이념적으로 피아彼我가 엄히 대치되고 있었던 시절이었다. 반백 년의 세월이 흐른 후 10월 어느 맑은 날 처와 함께 우연히 강원도 지역으로 여행할 기회가 있었다. 지난날 학훈 후보생과 전방근무 시절의 추억이 뭉게구름처럼 새록새록 가슴에 스며왔다.

　불현듯 옛날 생각이 나서 그 지역을 찾았으나, 강원도 양구 권역의 개발로 부대가 주둔했던 임당리 일대는 근대화되어 옛 흔적을 발견할 수가 없었다. 그뿐만이 아니었다. 내가 근무하던 부대 자체가 해체되었다고 하니 그 아쉬움 또한 어떠했겠나? 임당리 동면 우체국에 편지를 부치러 갔을 때 친절했던 아가씨의 앳된 미소가 눈에 선했다. 이제는 그녀도 손주 거느린 인자한 할머니가 되어 있겠지?

　동면 호수가 동절기 매서운 양구 지역의 한파로 얼어붙으면 엄청난 크기의 빙판으로 멋진 스케이트장이 형성되었다. 부대에서도 권장하는 사단 스케이트장으로도 활용되어 겨울철에는 부대별로 시합이 붙곤 했다.

우리도 부대의 명예가 걸린 시합이라 보병이나 타 포병대에 질세라 시합 준비를 위해 열심히 연습했다. 스케이트 초보자인 나도 연습에 참가할 때는 동면 우체국의 친절했던 아가씨가 즐겨 파트너가 되어주어 고마웠다. 그 아가씨는 이미 직장 스피드 스케이트에서 관록이 있는 실력자였다고 했다. 같이 동면 호수를 한 바퀴 돌고 나서는 출발 지점인 큰 버드나무 밑 평상 옆에 자리한 어묵 행상들에게 다가갔다. 이마에 맺힌 땀을 손등으로 씻으며 뜨끈한 국물과 함께 꼬치 어묵을 나눠먹기도 했다.

10월 말경이 되면 산야가 한창 적색과 황갈색의 물결로 가을이 짙어 멋진 단풍철이었다. 그 시절도 양구군 방산 포사격장에서는 사격 훈련을 자주 했다. 방산계곡은 가을철이 되면 핏빛 단풍이 그리 고울 수가 없었으나 군복이라는 색안경에 감추어져 시적으로 황홀하던 그 단풍의 진면목을 잊고 있었다.

그 무렵 BOQ(영내 장교 숙소)가 없어 인사계 선임하사 집에 하숙을 정했는데, 내 방 앞 댓돌 뒤에 아무도 모르게 살모사주를 만들어 묻어 두었다. 부대 인근 산야에는 뱀들이 많았는데 거의가 독사(살모사)였다. 가을철 동면 직전의 독이 바싹 오른 살모사를 네댓 마리 잡아 와서는 의무대에서 구한 링거병에 미리 준비한 산더덕을 몇 뿌리 깔고 그 위에 독사를 산 채로 집어 넣은 후 독한 고량주를 채워 밀봉한 더덕 살모사주였다.

하숙집 안주인이 출타한 후, 댓돌 뒤의 땅을 파고 고이 묻어

두었는데 아뿔사! 육본 파견 근무 등 바쁜 제대 준비 와중에 그 사실을 까맣게 잊고 바로 전역하고 말았다. 뱀만 보면 남몰래 담 귀둔 살모사주가 생각난다.

# 흔적

결혼한 아들이 며느리와 같이 포항에서 살림할 때의 일이다. 며느리는 경산 교육정보센터에서 근무하다가 포항 교육청으로 발령이 났다. 아들은 포스코에 근무하니 맞벌이 부부인 셈이다. 처음 얼마 동안은 대구와 포항의 중간쯤 되는 영천 근처에 지인의 아파트에 방을 얻어 거주하며 포항으로 같이 통근하다가, 근무처에 가까운 오천의 원룸으로 거처를 옮기게 된 것이었다.

오천으로 거소를 옮긴 얼마 후, 새로 담은 김치 몇 포기와 밑반찬 등속을 준비하여 아내와 함께 오랜만에 포항 나들이를 했다. 안강을 지나 아들 내외가 산다는 원룸에 도착하여 아들이 알려준 번호 키를 아내가 눌렀다. 아뿔사! 통보 없이 온 게 화근이었다. 방 안은 이불이 헝클어져서 자다 나온 그대로였고, 한쪽 구석에는 먹다 남은 라면 냄비와 김치 조각, 단무지 등이 담긴 알루미늄

소반이 잠옷과 함께 어지럽게 놓여있었다.

우리는 서로의 얼굴을 쳐다보았다. 기가 찬 듯 아내의 얼굴이 일그러졌다. 아내가 목이 말랐나 보았다. 이불을 피하여 냉장고로 가서 음료수를 꺼내는 것 같았다. 내가 깜짝 놀라 좌우를 둘러보다가,

"스톱! 이불 흩트리지 말고 그대로 고이 나오소. 아무 연락 없이 들이닥친 우리 불찰이니, 조용히 그대로 나갑시다."

우리는 그대로 조용히 원룸을 빠져나왔다. 아내의 얼굴은 불쾌한 기색이 역력했다. 나도 기분이 썩 좋지는 않았다. 포항 바람도 쐬고 기분 전환도 할 겸 구룡포 쪽으로 차를 몰았다. 일본 가옥 거리와 메밀꽃 필 무렵 촬영지, 동백이네 집까지 구경하고 나서야 기분이 좀 풀어졌다.

바닷가를 거닐다가 근처 식당에서 유명하다는 짬뽕을 시켜 먹고 검푸른 바다를 따라 늦가을 조용한 해변을 드라이브도 했다.

연오랑 세오녀 테마공원에 주차를 한 후 짙은 코발트색 바다 산책로를 시원하게 거닐다가 지도의 토끼 꼬리 끝부분인 호미곶으로 가서 바다에 솟은 큰 손바닥과 주변 경관도 두루 구경하였다.

돌아오면서 임곡 전시장도 관람하고 청룡회관에 들러서 아들이 근무한다는 포항제철 원경遠景을 바라보며 휴게소에서 좀 쉬다가 도구 해수욕장을 지나 포항으로 다시 돌아왔다. 바닷바람이 서늘하고 기분이 상쾌했다.

북부해수욕장 근처, 전에 더러 가곤 했던 환호동 물횟집 2층 커피숍에 올라가 담소하면서 퇴근시간을 기다려 아들에게 전화를 했다. 대구에서 가져간 김치 보따리를 전해 주기 위해서였다. 아들에게 구룡포 지나 호미곶 일주를 했다니까, 그러면 오천 원룸에라도 가서서 좀 쉬어도 될 것을 하길래 대답은 않고, 퇴근 후에 환호동 방파제 옆 횟집으로 같이 오라 했더니, 30~40분쯤 지나서 둘이 정답게 인사하며 나타났다.

아들이 여기보다는 조금 아래 마라도 횟집이 낫다 하기에 자리를 옮겨 참가자미회를 시켰다. 회라면 사족을 못 쓰는 아내는 이미 원룸 건은 까맣게 잊은 것 같았다. 맛보기 안주로 나온 돌멍게, 해삼과 열기 튀김을 열심히 먹고 있었다.

내가 오랜만에 바람도 쐴 겸, 너희들 거주지 옮긴 후 어떻게 지내는지 보고도 싶고, 같이 밥이라도 한 끼 하려고 왔다 하니까 아들이,

"그럼 모처럼 오신 김에 우리 원룸에서 하룻밤 주무시고 가시이소." 하는데, 며느리의 안색이 갑자기 하얘졌다.

저녁을 먹고 화장실 가는 김에 계산을 하고, 김치 보따리를 전해주면서,

"몸 건강히 매사 무리하지 말고 열심히 살으래이!"

덕담을 하고 차에 올랐더니, 며느리가 급히 무언가 꺼내 기름이라도 넣으시라면서 아내에게 봉투를 건넸다.

며칠 후 며느리한테서 편지가 왔다. 보내 주신 김치와 콩자반,

밑반찬이 너무 맛이 있어 남편이 좋아하더란 얘기와 함께,

"어머님 정말 죄송합니다. 교육청의 업무 감사가 있어 직장에 매달리다 보니 그렇게 됐습니다."

편지를 읽고 나서 나는 이마를 쳤다.

앗차, 아내가 방에서 나올 때 주스가 담긴 컵을 싱크대 위에 그대로 두고 나왔나 보았다.

# 반신반의半信半疑

'반신반의半信半疑'는 사전에 '반쯤은 믿고 반 쯤은 의심 한다'고 되어 있다. 내 어머니의 처녀 시절 별명이기 도 하다.

남성로 제일 예배당에서 세례받으실 때의 얘기라고 한다. 목 사님이 어머니에게

"주 예수님을 진심으로 믿습니까?"

하자 어머니는 '예! 진실로 믿습니다'가 아니라

"반신반의합니더."

하셨다고 한다. 당황한 목사님이

"그러시면 안 됩니다. 진심으로 믿습니다 카시이소."

했다는 데서 생긴 별명이라고 한다.

지금은 고인이 되신 어머니는 일제 강점기를 거치는 격변의 세월 중에 태어나셨다. 해방 후, 좌우익 갈등으로 인한 피비린내

나는 동족상잔의 비극에서부터 6.25 사변의 눈물겨운 참상에 이르기까지 그야말로 산전수전 질곡의 세월을 겪어 오셨다.

어머니는 3년 전 돌아가신 아버님과 같이 사시던 청솔아파트에서 8년 동안 살아오셨다. 다른 집으로 이사 가는 게 두려워

"이 집을 떠나면 우리는 못 산데이! 아들아! 힘들더라도 전세금에다 돈 좀 보태서 이 집 사뇨라. 살아 보니 모든 게 편리하고 쓸모가 있는 집이드라."

고 하셨다. 자식들이 이 집은 저층이라 사뇨도 투자 가치가 없으니 맞은편 태성아파트로 가자고 해도 소용이 없었다. 그 집은 햇빛이 잘 들 뿐만 아니라 앞이 확 트여 전망이 멋지고, 엘리베이터도 있으니 오르내릴 걱정도 없었다. 마침 15층 아파트에 7층이 매물로 나와 있었다. 로얄층이라 멋졌다. 집주인이 사정이 있어 시세보다 훨씬 싸게 내놓은 집이라고도 했다. 아무리 설득해도 소용이 없었다.

부모님이 계시는 청솔아파트도 집주인이 사정상 집을 팔아야겠으니, 구입 의향이 있으면 사라고 했다. 그러나 그 집은 서민 아파트인 데다 인기도 없는 저층에 전망도 나빴다. 앞이 조경 숲으로 꽉 막혔고 송전선까지 가로막아 매물로서는 최악의 조건이었다. 그러나 자식들은 어머니의 고집을 꺾을 수가 없었다. 그러다가 직접 살아 보니 어머니가 그렇게 고집스럽게 사시고자 한 이유를 알 것도 같았다. 산술적인 가치보다 편안하게 살기에는 그런대로 쓸모가 있는 집이었기 때문이다.

범어동 옛집에서 처음 이곳으로 이사 오신 후, 얼마간은 시끄럽고 사연도 많았다. 단독주택에 살다가 아파트 생활을 처음 해 보시니 어려운 점이 많았다. 수없는 시행착오와 우여곡절 끝에 모든 시설에 어렵게 적응했거늘 또 다시 이사를 간다 하니 엄두가 나지 않았으리라. 세월이 흘러 그때의 부모님 나이가 되고 보니 그 심정을 알 것도 같다.

엄마의 기력이 쇠진하신 수년 전부터 종일 파출부를 쓰시다가 경비 문제로 오전만 쓰는 파출부로 바꾸었다. 노인네들이라 힘든 일거리는 없었겠으나 삼시 세끼 시간 맞춰 밥상 차릴 일을 맡길 만한 파출부가 흔치 않았다. 병적일 정도로 시간 맞춰 하루 세끼 오로지 보리 섞인 더운 밥상만을 고집하시는 두 분의 식사 습관을 맞출 사람을 찾기도 쉽지 않았다. 두 분만의 식성에 맞는 촌 음식을 준비해야 하는 파출부도 할 짓이 아니었고, 더구나 아버지의 건망 증상이 심화되고부터는 더욱 모든 것이 힘들어졌다. 파출부는 말할 것도 없겠거니와 어머니가 아버지로 인해서 받는 고달픔도 말이 아니어서 가까이 사는 우리도 많이 불편했다. 애초 처와 의논해서 합가를 말씀드렸을 때, 아버지가 따로 살면서 자주 왕래나 하다가 두 분 중 한 분만 계시게 될 때 우리 집으로 모시기로 제안했다. 아버지 돌아가시고 어머니께 합가를 말씀드리니,

"너희 아버지와 같이 지내던 이 집에 그냥 머물러 살란다."

라는 의향을 간곡히 말씀하셔서, 결국 돌아가실 때까지 두 집

살림을 하게 된 것이었다.

어쨌거나 어머니는 남다른 데가 있으셨다. 결벽증에 가까울 정도로 '정직'과 '분수'를 강조하셨다. 살아보니 그게 그리 지혜로운 일만은 아니었지만 어머니에게는 삶의 철학이었던 셈이다.

'거짓말 하지 마라', '남 속이지 말고, 정직하게 살아야 한데이!', '허세 부리지 말고, 경우대로 살아라' 이렇게 가르치셨다. 물론 나는 꼭 그렇게 살아오지 못했다. 경우에 따라 나 좋은 대로 적당히 살았다. 반쯤 믿는 주 예수님도 진실로 믿는다고 착각하며 살아왔다.

그러나 가끔 어머니의 '반신반의'를 떠올릴 때가 있다. 목사님 앞에서까지 정직하고자 했던 나의 어머니. 지구상에 가장 아름답고 고귀한 가치를 지키고자 했던 어머니. 돌아가신 지 올해로 어언 17년이 된다.

# 개의 시간

　　　　　　　　수의과獸醫科 졸업반 때였다. 범어동 집에 복
실이란 두 살배기 잡종 개가 있었는데, 어느 날부터인지 눈에 노
란 눈곱이 끼이고, 죽 먹기도 꺼려 어머니가

　"큰애야, 복실이가 어디 아픈 모양이다. 어떻게 좀 해 봐라!"

　독촉을 몇 번 받았는데,

　"아, 엄마 별거 아닙니다. '홍진'이라는 병인데 시간 봐서 주
사 한 방 놓으면 나으니 걱정 마이소."

　했다. 면허시험 준비 등 서울로 학교로 이리저리 바쁘다는 핑
계로 차일피일 미루다가 어느 날 집에 와 보니, 어? 개가 죽어버
리고 말았다. 그간 복실이가 복실이답지 않게 피똥도 싸고 많이
아팠던 모양이었다. 그제서야 일이 벌어진 줄 알았으나 이미 엎
질러진 물이라 어쩌겠는가? 그때 어머니가 말씀하셨다.

　"우리 집 수의사는 집에 키우는 개 한 마리도 치료 못 하는 순

엉터리 수의사다. 내 도시락 싸 들고 동네방네 소문 낼란다."

군 제대 후 직장을 선택할 때, 당시는 지금처럼 동물병원 개업이 여의치 않았다. 동물에 대한 사람들의 생각도 지금과 달라서 반려동물이나 애완동물의 수요가 넉넉지 않았기 때문이었다. 실제로 친구들 중에는 졸업 후 수의사의 길과는 달리 교직이나 연구소로 나간 경우가 많았다. 처세술이 탁월한 한 친구는 전공과는 판이하게 섬유회사에 입사하여 임원이 되기도 했다. 나는 공직의 길로 들어섰다. 직장에서는 주로 소나 돼지 같은 큰 동물을 다루었다. 동물을 가축의 개념으로 여겼던 셈이었다.

그러나 내가 퇴직할 무렵부터 애완동물에 대한 사람들의 관심이 높아졌다. 동물병원에 대한 수요도 늘어났다. 수렵시대부터 인간과 동거해 온 개가 대표적이었다. 이제 개는 더 이상 마당에서 집이나 지키는 문지기가 아니었다. 집은 번호키나 보안업체가 지켰다. 이제 개는 실내로 들어와 주인을 엄마와 아빠로 칭하면서 가족의 일원으로 자리를 잡았다. 처녀 총각이나 은퇴자에게는 사랑의 대상으로도 격상하는 실정이 되었다.

실제로 개는 인간보다 소뇌(운동신경)가 더 잘 발달되어 있다. 아무리 높이뛰기를 잘하는 선수라도 개를 이길 수는 없다. 질서도 있어 발정한 수캐라도 암컷이 허용하는 경우가 아니고는 접근하지 않는다. 꼬리를 내린 암캐에겐 어느 수컷도 관심을 두지 않는다. 좀 특이한 경우이겠으나 불 난 집에 술이 취해 누운 주인을 옷가지에 물을 적셔와 지킨다거나 주인의 죽음에 빈소를 지키며

식음을 전폐하고 영정을 지킨다는 등, 다소 과장스러운 미담이 있기도 하다.

유감인 것은 개는 개이고, 사람은 사람이라는 것이 나의 생각이다. 만물의 영장인 인간이 개하고 비교당할 수 있단 말인가. 어찌 보면 참으로 어리석고 허약한 것이 인간이긴 하지만 개라는 것은 인간이 어여삐 여겨 사랑하고 돌봐 줄 대상이지 인간과 동급일 수는 없는 것이 아닌가. 그런데 아내의 입장은 다른가 보았다.

얼마 전 일본의 건강의료기 제조업체인 '마루타카' 회사의 사은 초청으로 서울에 간 아내에게서 전화가 왔다. 수화기를 들자 대뜸 집에서 기르고 있는 애완견 해리의 안부부터 물었다.

"해리는 좀 어때요? 눈은 떴나요? 밥은 좀 먹었는지? 잊지 말고 시간 맞춰 해리 약 먹이고 기다리고 있으소. 대구 내려가면 가축 병원부터 가야 되겠구나. 애고! 불쌍한 것! 말도 못하는 것이 얼마나 괴로울꼬. 쯔쯧~."

당시 나도 며칠 전부터 눈병이 나서 쾌지모도처럼 눈이 부어 괴로움을 참고 있는 데는 아랑곳없고, 3년 전 아들놈이 족보도 없는 강아지 한 마리를 친구한테 얻어 와서 맡겨놓은, 그 꼴랑 보신탕 두 그릇감도 안 되는 잡견 한 마리 눈병 난 거 가지고 호들갑을 떨고 있는 것이다. 자식 놈도 마찬가지다. 전화하면 개 안부부터 묻기 바쁘다. 내가 불퉁스럽게 대꾸를 할라치면 기분 나쁘게 개 안부 뒤에는 모자간에 추가하는 말까지 똑같다.

"대학 졸업하고 동물병원이나 차렸으면 얼마나 좋아. 돈도 벌고 해리한테도 좋고~."

당시는 사회적 추세가 지금과 달랐다고 백 번도 넘게 설명했건만 틈만 나면 동물병원 타령을 늘어놓는 것이다. 기가 찰 노릇이다. 그것도 붓고 짓물러 제대로 눈도 못 뜨는 자기 서방한테는 한마디 걱정도 없이 개새끼 눈병을 두고 투약 지시에 호들갑이라니!

내 꼴은 어떤가. 퉁퉁 부은 눈을 겨우 치켜 뜨고 엉금엉금 해리 저녁밥을 챙기고 있는 중이다. 약 먹기 전에 식사부터 해야 위장에 무리가 가지 않기에. 아이고, 갑자기 내 눈이 왜 이리 쓰릴까? 애고! 내 눈이야!

# 대상포진

퇴직 후 어느 여름 세 친구와 부부동반으로 북유럽 5개국을 여행하게 되었다.

북유럽은 백야白夜가 있어 여름철에 여행 계획을 잡으면 좋다. 한여름에 여행을 가면 쾌청한 날씨와 더없이 시원한 여행을 즐길 수 있다.

스웨덴에는 17세기에 건조된 화려한 대형 선박 전함 바사호가 초임 항해 중 바로 침몰한 일이 있었다. 그 후 거대한 전함을 인양하여 실물을 그대로 보존한 박물관이 유명하다. 화려하기 그지없는 드로트니 홀름 궁전의 객실도 볼만하다. 궁전의 방마다 우아하게 꾸며진 찬란하고 멋진 벽화와 가구들은 저절로 탄성을 자아내게 한다.

덴마크 코펜하겐은 로젠부르크성과 인어공주 동상, 뉘 하운 보트투어가 인상적이었다.

노르웨이는 백야 현상으로 여름에는 해가 지지 않는다. 새벽 2시경 일몰 후 4시가 되면 해가 다시 뜬다.

핀란드는 여행비가 비싼 데다 숙박 시설도 열악하다. 북쪽은 북극권인데 이곳 아이슬랜드의 수도 레이캬비크에서 용약勇躍하는 고래 관찰이 볼 만하다. 3계단식인 굴포스 폭포와 데티포스 폭포가 높이 45m 폭 1000m로 장관이다.

밀키스라 불리는 여러 화산과 동굴들에서 비롯되는 폭포수에는 미네랄 성분이 풍부하여 화장품 원료로 쓴다고도 한다. 북유럽의 풍경은 그야말로 청명함의 극치였다.

문제는 예고 없이 찾아온 대상포진이라는 질병이었다.

친구와의 북유럽 여행은 오래전부터 계획된 것이었는데 막상 날짜가 잡히고 보니 신체상에 문제가 생긴 것이었다. 며칠 전부터 눈이 찝찝하고 눈 근처 피부가 가렵고 쓰리면서 피부에 따가운 증세가 있어 안과에 갔었다. 검안경으로 여러 가지 검사를 한후 안약을 넣고 약을 복용하였으나 차도가 없어 고민하다가 피부과 쪽으로 가닥을 잡았다. 아니나 다를까 대상포진이란 진단이 나왔다. 잘못하면 실명하는 수도 있다고 했다.

큰일이다! 예약된 여행 날짜는 나흘 앞으로 다가오는데 대상포진이라니? 의사 말이 여행은 무리라고 했다. 나는 의사에게 피치 못할 여행 계획을 얘기하며 사정을 했다. 할 수 없이 여행 전출발 당일 오전까지 고단위 약물로 집중 치료를 받기로 했다.

출발 날짜가 되어 몸이 좀 낫기에 보름 치 복용 약물과 연고 등을 넉넉히 처방받아 비행기를 탔다. 조금씩 증상이 호전되는 것 같아서 다행이라 생각했다. 그런데 아니었다. 복병은 나를 놓치지 않았다. 노르웨이에서 스웨덴으로 가는 선상이었다. 대형 크루즈 여행이 며칠째 계속되던 중 드디어 몸에 이상 증세가 다시 나타났다. 발진이 돋고 심한 통증이 몰려왔다. 눈두덩이 붓고 피부에 따가운 증상이 나타났다. 소양증도 생겨 긁고 싶어도 참아야 하는 형국이었다.

참다 못해 가이드에게 상황을 얘기하며 상륙할 때  병원을 찾을 수 있겠는지 물어보았다. 당황한 가이드는 매우 난감해하며 북유럽 5개국의 병원은 일단 환자를 접수하면 치료 및 입, 퇴원 결정을 의사가 하기 때문에 우리의 뜻대로 여행 변경은 쉽지 않다는 것이다.

치료비 또한 일부는 우리 측 보험회사에서 지불하겠지만 그조차도 절차가 매우 까다롭다는 것이었다. 가이드는 괴롭더라도 귀국 시까지 참아 보라는 눈치였다.

하늘이 노래졌다. 답답해서 남은 약제를 정해진 용량에서 절반씩 추가 복용하며 참고 버티어 보기로 했다. 많이 힘들었다. 가이드가 더 걱정하는 것 같았다. 일행에게는 전염되는 병은 아니니 안심하라며, 음료수를 사 들고 수시로 문안을 왔다. 나는 오로지 깡으로 버티며 선상에서 식사 시간 외에는 되도록 출입을 삼갔다. 육상 이동 시에도 가급적 관광을 피해 차창 밖만 내다보면서 버텼다.

하루가 여삼추如三秋로 귀국하자마자 바로 병원부터 찾았다. 의사는 용케 잘 버티셨다고 격려했다. 주사제와 약물, 물리 요법으로 본격적인 치료 끝에 완쾌되었다.

만약 말도 통하지 않는 북유럽 어느 병원에 기약 없이 입원했다면 어떻게 되었을까? 지금 생각해도 모골이 송연하고 끔찍하다.

내 나라에 돌아와 완쾌되고 보니 그제서야 선상에서 가이드로부터 들은 우스개 이야기 한 토막이 생각났다. 핀란드와 한국 문화의 차이에 따른 일화이다.

한국의 어느 여자 유학생이 북유럽 핀란드에 유학을 갔다. 어느 가정에 홈스테이를 하게 되면서 발생한 에피소드 하나!

핀란드는 사우나로 유명하다. 시설 좋은 관광 사우나 시설도 많지만 일반 가정에서도 간이 사우나 시설이 설치되어 있다고 한다. 저녁 식사를 마친 후 안 주인이 유학생에게 저녁 8시쯤 지하에 있는 사우나실을 이용하라고 했다.

유학생은 사우나실에 가면서 복장이 걱정되었다. 물어보기도 무엇하여 어깨에 타올을 두르고 수영복을 입고 들어갔는데 들어가 보니 모두 알몸에 큰 수건 한 장만 두르고 앉아 있는 게 아닌가? 깜짝 놀라서 다음 날에는 알몸에 큰 타올로 몸을 가리고 들어가 보니 이게 웬일? 이번에는 모두가 수영복을 입고 타올로 어깨를 감싸고 앉아 있는 것이었다. 멀리서 온 동양인 유학생을 배려해서 수영복을 입어 준 것이 분명했다. 유학생은 크게 감동을 받았다고 한다. 문화의 아름다움은 타 문화의 수용에서 꽃을 피우는 것이 아닌가!

귀국 후 나는 나도 모르게 대상포진 백신 홍보 요원이 되었다. 대상포진은 어릴 적 수두를 앓은 후 바이러스가 신경절에 무증상으로 잠복해 있다가 몸의 면역력이 약화되었을 때 발생하는 병독으로, 대상포진 백신은 다소 가격이 비싸지만 무조건 접종받아야 한다는 뼈저린 체험의 경고였다.

함께 갔던 아내가 한마디 거든다.

"두 번 다시 해외여행은 갈 생각 마소."

## 다람쥐와 건망증

언제부터인가 사람 이름이나 지난 일이 바로 떠오르지 않아 당황할 때가 종종 있다. 특히 누굴 만났을 때나 이야기 도중 사람의 이름이 떠오르지 않다가, 가고 난 후 생각나는 경우가 있다. 나이 듦에 따른 세상 살아가는 순리이겠거니 생각하다가도 어려운 터수에 실수할까 봐 신경이 쓰이기도 한다.

가을에 다람쥐는 겨우내 먹을 도토리를 저장하려고 여러 곳에 구멍을 파서 묻어두고는 얼마 안 되어 깜빡 잊어버린다고 한다. 이 건망증 때문에 땅속에 감춰뒀던 도토리가 훗날 싹이 터서 건실한 참나무가 자라는 원동력이 된다고도 하니 세상 순리가 재미있다. 다람쥐와 도토리는 어디까지나 자연계를 보호 유지케 하는 신의 섭리일 터이다.

인간의 건망증에는 어떤 순리가 감추어져 있을까? 여러 기억의 편린 중에서 잊어버리고 싶거나 지워버리고 싶은 많은 부분이 뇌리에 계속 머물러 있다면 그 또한 바람직하지 않을 것이다. 지나온 세월의 창피스럽고 부끄러웠던 일, 서운하고 아쉬웠던 추억은 기억에서 지워버리는 것이 상책일 것이다. 반대로 꼭 기억하고 싶은 사람이나 지난날들이 뇌리에서 사라져 버리는 일은 정말 아쉬운 일일 터이다. 문제는 건망증에는 취사선택의 기회가 없다는 점이다. 비 올 때 우산 들고 갔다가 날씨가 개면 잃어버리고 오기 일쑤이고, 외출하면서 집안 단속 확인한답시고 스위치 내린 형광등을 다시 켜놓고 온다거나, 김치냉장고의 냉동실 문을 닫는다는 것이 오히려 열어두고 오는 것은 약과다. 더러는 글로 남길 문장이 번개처럼 떠올라 컴퓨터를 켜는 동안에 금새 잊어버리곤 하는, 나의 이러한 불유쾌한 증세를 어찌한단 말인가.

메모하는 습관도 도움이 되지 않는다. 약속된 행사일이나, 더러 비상금 또는 중요한 물건을 깊숙히 간직하고자 할 때는 폰에다 장소를 기록하여 저장하기도 한다. 그러나 필요해서 찾으려면 어느 항목에 저장하였는지 기억이 나지 않는다.

같이 사는 아내도 마찬가지다. 언제부터인가 아내는 내가 좋아하는 기호식이나 몸에 좋다는 인삼편을 냉동실에 숨겨두는 버릇이 생겼다. 명절 때 작은집이나 손님들이 가져온 인삼편, 곶감, 잣 등 부피가 비교적 작은 선물이 며칠 후 소리 소문 없이 없어진다. "어디다 뒀노?" 물으면 필요할 때 요긴하게 쓰려고 잘 보관해 두었다고 한다. 내가 지금 필요하고 먹고 싶다고 하면, "나중에 줄게!" 하고선 한사코 안 주다가 보존기간이 훨씬 지난 후에야 내어놓는다. 부부는 닮는다더니 아내도 나와 똑같다. 야무지게 보관한답시고 숨긴 장소를 잊어버리고 있다가 찾을 때면 유효기간이 훨씬 지나 버려야 될 때가 종종 있다. 기이한 것은 무언가 숨겨뒀다가 잊어버리면 서로가 어디에 감췄을까 봐 추궁하는 버릇이 생긴 점이다. 아내는 고집이 센 편이다. 음식의 경우 안쪽에 라벨을 붙이거나 포장용기 바깥에다가 유성펜으로 기록해 두라고 해도 말을 듣지 않는다. 그대로 보관하다 필요할 때 찾으려고 하면 내용물이 돌덩어리같이 되어 뭐가 뭔지 모르는 짜증스런 일이 생겨도 고칠 생각을 않는다. 오히려 나의 충고를 잔소리로 치부하고 남자가 쪼잔하다느니 어쩐다느니 몰아붙이기 일쑤다. 이런 경우 남자들은 대체로 엉뚱한 생각을 하며 자신을 위로한다. 오늘은 친구가 들려준 이야기를 데리고 온다. 퇴근 후 늦은 밤, 친구가 술에 취해 택시를 타고 가다 아차! 목적지를 말해주지 않았던 것 같아

"기사 아저씨! 내가 어디로 가자 했소?" 하니 기사가 돌아보며

"당신 언제 탔소?"

하더란다. 이쯤 되면 다람쥐도 울고 갈 건망증이다.

인간의 건망증도 다람쥐가 감추어둔 도토리처럼 훗날 싹이 터서 건실한 참나무로 자라는 원동력이 되면 얼마나 좋을까.

도토리를 숨겨둔 다람쥐의 건망증이야 참나무가 자라는 원동력이 된다고 하지만 숨겨둔 비자금도 없는 내가 길이라도 잃는다면 어떻게 될까? 아내뿐 아니라 자식들도 크게 실망할 터이다.

# 동물의 세계

　　　　동물과 인간은 근본적으로 운동신경에서 차이가 난다. 인간은 대뇌(사고력)가 발달한 반면, 네발 동물은 소뇌(운동신경)가 잘 발달되어 있다.

2008년 북경올림픽 단거리 육상선수로 유명한 우사인 볼트도 표범의 느릿한 걸음에 따라가지 못한다. 아무리 날렵한 무하마드 알리의 잽도 같은 체급 캥거루와 대결시킨다면 무참히 무너지고 만다. 그것이 동물과 인간의 차이점이다.

인간은 조물주로부터 직립보행이란 특혜를 얻었다. 여기에 대한 대가가 바로 요통이라는 질병이다. 인간은 유아기를 거쳐 직립이 가능한 순간부터 네발 동물에게는 발생하지 않는 요통이라는 병을 얻는다. 이 또한 동물과 인간의 차이점이라 할 수 있다.

어찌 보면 참으로 어리석고 허약한 게 인간이다. 잘 훈련된 개를 보라. 아무리 높이뛰기를 잘하는 선수라도 훈련된 개를 이길 수는 없다. 아무리 우둔한 황소라도 피해 가야 할 대상은 반사적으로 피해 간다. 그것이 네발 동물의 우수성이다.

어느 수필가의 글 「운 좋은 사내」 중에는 황소의 지혜가 등장한다.

어린 나에게는 맹렬한 황소의 싸움도 재미있는 구경거리이다. 내가 우리 집 안채와 바깥채 사이에 있는 좁은 중문을 막 들어서는 순간, 우리 집 황소가 중문으로 황급히 달려온다. 나는 너무 무서웠다. 피할 겨를도 없이 중문에 주저앉고 말았다. 그런데 이상하게도 우리 집 황소는 나를 밟지 않고 그냥 지나갔다. 뒤따라오던 이웃집 황소도 나를 밟지 않았다.

피해 가야 할 대상은 반사적으로 피해 가는 것이 네발 동물이다.

동물, 특히 개를 훈련시킬 때는 당근(칭찬)과 채찍(벌)을 병행한다. 잘했을 때는 기호식을 주고, 실수했을 때는 적절한 벌을 준다. 이러한 혹독한 훈련 결과 용도에 따른 명견이 되는 것이다. 이 말을 들은 대뇌(사고력)가 발달한 인간 중 일부는 인권모독이라며 짜증을 내거나 반항할지 모른다. 인간이 가진 우수한 점은 사고력이다. 만물의 으뜸인 사람은 생각하고, 고민하고, 분석, 판단함으로써 인간을 제외한 대부분의 만물을 지배할 수가 있다.

그러나 인간은 우수한 그 사고력으로 국립호텔(감방)을 수시로 드나들거나, 전자발찌를 떼고 강간, 살인을 하고, 사실을 은폐 조작하고, 남의 것을 훔치고 도용하는, 개만도 못한 짓으로 언론에 오르내리기도 한다. 참으로 수치스럽고 부끄러운 일이다.

동물은 단순하다. 본능적으로 먹고 배설하고 새끼를 낳고, 지극한 모성애로 길러서 종족을 퍼트린다. 배신도 없다. 복수도 없다. 사랑과 본능으로 살아가는 단순한 삶. 오늘 저녁 TV를 통해 인간의 온갖 추악한 비리를 보다가 문득 '동물의 세계'로 채널을 돌리게 되는 까닭이다.

# 노년의 상념

젊었을 적에는 어른들로부터 '팔십 노인'이 란 말을 자주 들어 왔었는데, 그 말이 나에게 현실로 다가올 줄 생각이나 했을까?

세월이 흘러 생로병사의 둘째 항목인 늙음이 자연 현상인 줄 모르고 수시로 머리카락만 염색하여 세월을 속이려 하였건만 염 색 제재의 부작용 탓으로 눈도 쓰리고 머리밑이 가려워서 염색을 그만두었더니, 나도 모르게 백발과 함께 얼굴에 주름과 검버섯이 생기고 늙음 본연의 모습이 나타났다. 뼈마디도 자꾸 줄어들어 젊은 날 175센티의 훤칠하던 키가 졸지에 169센티로 왜소해졌 다. 우람하던 86kg의 체중 역시 68kg의 경량급으로 변신하여 날 씬해졌다는 비웃음의 소리를 자주 듣는다.

몸뿐만이 아니다. 정신과 마음도 온전히 단정함을 잃고 동서 남북 구별을 못해 허둥댄다. 분명 지하철 2호선 '문양행'을 탔는

데도 어찌 된 셈인지 반대 방향으로 가는 듯한 혼란을 느낀다. 벌써 방향감각에 에러가 온 모양이다.

무슨 생각인지 골똘히 하다 보니, 목적지에서 한두 정거장 지난 후에야 계단을 급히 올라가 역 방향 열차를 갈아타고 목적지에 내린다. 이젠 마실 나간 기억력도 어깨동무하여 따라와 인간관계를 더욱 미욱하게 만들고 있나 보다.

『노인과 바다』, 『무기여 잘 있거라』 등으로 퓰리처상과 노벨문학상을 수상한 것으로 유명한 헤밍웨이를 통해 노년 행복의 조건을 보면, 그는 자신이 노인 취급 당함을 큰 모욕으로 느낄 정도로 늙음을 극도로 혐오했다. 그래서 킬리만자로 등 아프리카 지역의 위험한 사냥을 즐기고 카리브해에서 파도와 싸우며 대어 낚시에 열중하면서도 경비행기 추락 사고로 몇 번을 죽을 뻔한, 위험한 도전과 모험의 연속인 삶이었다 한다.

『노인과 바다』에서 주인공 산티아고 노인이 오랜 기다림 끝에 드디어 청새치 종류의 대어 낚시에 성공하였으나 상어 떼의 공격으로 뼈만 남아 결국 육지로 끌고 오는 데는 실패하고 만다.

'인간은 파괴될 수는 있어도 정복될 수는 없다' 며, 스스로 위로하는 늙은 어부 산티아고의 입을 통해 헤밍웨이 자신을 피력한다. 즉 자신은 타인처럼 목숨만 유지하는 나약한 노인 생활을 하지 않을 것이며 끝까지 용기와 도전을 통하여 남성적 가치를 보여주겠다는 의지를 선언하고 있다.

그러나 정신과 육체는 서로 다른 속도로 쇠퇴한다. 정신은 젊지만 육체는 급속히 노화하여 이게 정말 나인가? 할 정도로 의심될 때가 한두 번이 아니다.

헤밍웨이는 수차례 비행기 추락 사고로 부상이 악화되어 글쓰기가 어렵게 되고, 늙음을 극도로 혐오했던 시기에 병상 침대에 눕게 되자, 외로움과 우울증으로 62세 나이에 총기 자살을 했다고 한다. 돈이 있으나 고독하고, 주위의 친구들이 죽어 나가면 우울증이 생기고 삶의 의욕 또한 사라진다.

'친구 따라 강남 간다' 는 말도 있듯이, 누구나 마음을 같이할 참다운 친구가 한 사람이라도 곁에 있다면 그 노년 인생은 성공한 셈이다. 재財테크보다, 우友테크를 잘하라는 괴테의 말도 있다.

아이를 공중에 던지면 어른이 받아줄 줄 알고 생긋 웃는다. 이것을 우리는 신뢰라고 한다. 다음 날 아침 산다는 보장 없이 우리는 시계의 알람을 맞춘다. 이를 희망이라 한다. 앞으로 다가올 미래를 알지 못하면서 우리는 내일의 계획을 크게 세운다. 이를 자신감이라 한다. 앞날이 불투명하며, 세상이 어지럽고, 삶이 괴롭고 고통임을 알면서도 연애하고 결혼하여 아이를 낳는다. 이 과정을 두고 사랑이라 한다.

구름, 강물, 바람이 세월 따라 흘러가니 모든 것이 아름답다. 생각, 마음, 시간, 좋은 하루, 나쁜 하루가 모두 흘러가니 얼마나 다행인가?

흐르지 않고 멈춰져 있다면 고인 물처럼 삶도 썩고 말 텐데, 그렇게 흘러가니 얼마나 아름다운가? 아프고, 힘들고, 슬픈 일도 흘러가니 얼마나 고마운가? 흐름은 아쉽지만 새로운 것으로 채울 수 있으니 참으로 다행이다. 그렇다. 어차피 지난 것은 잊히고, 지워지고, 멀어져 간다. 그것을 인생, 또는 세월이라고도 한다. 생각해 보면, 낚시나 연애, 결혼, 출산, 또는 시험, 직장 생활처럼 인생은 모두가 참고 기다림이다.

해 질 녘 강가에 서서 노을이 너무 고와 낙조인줄 몰랐다면, 흘러버린 망각의 세월이 너무 속상하지 않겠나? 이제 인생이 무언지 알 만하니, 모든 게 너무 빨리 지나가는 것 같아 아쉽고 안타깝다. 그러니 있을 때 잘하고 부디 서로 많이 사랑할 일이다.

언젠가 우리는 보고 싶어도 못 보게 되고, 어느 날 모두가 후회하게 된다. 그래서 나이엔 졸업이 없고 즐거움엔 정년이 없으며 행복에는 노쇠가 없고 건강엔 브레이크가 없다고들 한다.

지고 가는 배낭이 무거워서 벗어 버리고 싶었지만, 참고 정상까지 올라가 배낭을 풀어보니 먹을 것이 가득했다. 인생도 다를 바가 없다. 짐 없이 사는 사람은 없다. 사람은 누구나 태어나서 저마다 힘든 짐을 감당하다가 언젠가 저세상 가게 되니 인생 자체가 짐이다. 살면서 부딪치는 일 중에 짐 아닌 게 없지 않은가. 이럴 바엔 기꺼이 짊어지시라. 언젠가 집에 올 때쯤이면 짐의 무게만큼 보람과 행복을 얻게 될 것이다.

아프리카 원주민은 물살이 센 강을 건널 때는 큰 돌덩이를 진다고 한다. 급류에 휩쓸리지 않게 무거운 짐이 자기를 살린다는 깨우침이기도 하다. 헛바퀴 도는 차에 일부러 짐을 싣기도 한다. 같은 맥락이다. 그러니 짐이 마냥 나쁜 것만은 아니다. 손쉽게 들거나 주머니에 넣을 수 있다면 그건 짐이 아니다. 짐을 한번 져보라. 자연스럽게 걸음걸이가 조심스러워지고 절로 고개가 숙여지고 허리가 굽혀진다. 그리고 시선이 자꾸 아래로 가고 겸손해진다.

누군가 나를 기억하고 고맙게 해주고 걱정해 주는 사람이 있다면, 나도 누군가에게 고맙고 행복을 주는 사람이 되고 싶다.

무릇 행복은 멀리 아닌 내 마음속에 항상 나와 함께 있음을 알아야 한다. 가까이 있어서 오히려 잘 알지 못할 뿐, 항상 있는 것에 감사하면 행복을 느낄 수 있을 것이다. '구두 없음을 원망하지 말고 발 있는 것에 감사하라' 는 말이 생각난다.

# 젊은 사자들

근간에 20세기 미국작가 어윈 쇼가 직접 참전했던 경험을 바탕으로 저술한 전쟁소설을 영화화한 〈젊은 사자들〉이라는 옛날 영화를 보았다. 제2차 세계 대전 때의 전쟁 참상과 독일의 유대인 학살 내용이 영화의 주류를 이룬다. 어떻게 하면 짧은 기간에 대량의 인마人馬를 살상시킬 수 있을까? 전쟁의 악령들이 함께하는 인간의 잔학상을 접하면서, 인간이 얼마나 잔인해질 수 있는지를 깨닫게 되는 전쟁 영화였다.

전쟁에 참여한 미군 2명, 독일군 1명, 그리고 3인의 여류 배역 인물의 삶과 사랑 그리고 죽음을 그려낸 1958년도 작품이다. 167분 분량으로 크리스티안(말론 브란도 分), 노아 애크맨(몽고메리 크리프터 分), 마이클 휘테크(딘 마틴 分)가 출연했다.

1938년 새해 전야 오스트리아의 산악 마을에서 스키 강사인 크리스티안과 마거렛은 새해 맞이 흥분에 들떠 파티를 즐긴다.

그 자리에서 '히틀러 충성 다짐' 이 나오자 미국인 마거렛은 반감을 품고 크리스티안과 헤어진다. 곧 2차 대전이 발발하면서 크리스티안은 독일군으로 전쟁터에 가게 되고, 마거렛의 애인 마이클 휘테크는 그녀의 반대를 무릅쓰고 입대한다.

미군 지원 징병소에서 마이클은 유대인 청년 노아 애크맨을 만나고 냉혹한 훈련소의 생존 경쟁을 이겨내며 각자 전쟁터로 향한다. 한편 북아프리카의 영국군 진영은 독일군의 기습 공격으로 전멸당하고 작전에 참가한 크리스티안은 포로도 용납하지 않는 잔인한 살상의 실상을 겪으며, 전쟁에 회의를 느낀 후, 유럽으로 재배치된다.

그는 유대인 색출 임무를 맡으면서 또 다시 자신의 이상과 다른 전쟁에 짙은 회의를 느낀다. 소심하던 노아도 용감하고 생존 의지가 강한 군인으로 거듭나서, 전투에 참가한 동료를 구출한 후 부상을 당한다. 전쟁 막바지에서 마이클과 노아는 재회하여 전투 부대에 다시 합류한다. 그래서 크리스티안이 있는 독일군 진영으로 진군하던 중 후퇴하던 크리스티안은 인간 본연의 자세에 대한 의문, 존재 퇴조 등 거의 자포자기 상태에서 이들과 마주쳐 저항 없이 죽임을 당한다. 미국인 2명, 마이클 휘테크와 노아 애크맨은 전쟁 종식과 더불어 각자의 가정으로 향한다.

포탄이 작열하는 전투 효과와 전투 신은 50년대 영화 중 압권이다. 나치 주인공 말론 브란도의 연기가 돋보인 액션 전쟁 드라마로서 수준 높은 내용과 전쟁 이면을 잘 담아낸 작품이었다.

코로나19 사태로부터 오미크론 추세에 이르기까지 병독이 얼마나 공포스러웠으면 그 독성을 피해 인간이 입과 코를 막아야 할까. 같이 지내지도 못하도록 한 지가 어언 3년째 접어들었으니 인간이 얼마나 미워서 이와 같은 신의 저주가 내려졌는지 모르겠다.

또 이 사태가 자연 발생적으로 옮겨 온 게 아닌, 필요한 어떤 목적 달성을 위해 인간이 저지른 일임이 서서히 의심되고 있는 현 시점에서, 인간이 저질러 놓고도 감당 못 해 우왕좌왕하는 모습이 한심스럽기 짝이 없다. 인간이 조작한 병독이 이제는 스스로 자가 변이를 일으켜 악성 팬데믹 현상으로 가고 있으니, 인간이 얼마나 저질스럽게 잔인해질 수 있는지를 보여주는 자가당착의 현장이 아니겠는가?

병독 치료용 백신을 연구한다는 구실로 더 무서운 병독을 만들어 놓고 이를 치료에 사용하겠다는 위험한 발상이야말로, 인간 살상을 획책하고 전쟁을 모색하는 부류가 있을 수 있다는 추정이 가능한 일이다.

앞으로 이러한 사태가 얼마나 계속될지 모르겠으나, 현명한 과학자들로 하여금 사태가 빨리 종식되었으면 하는 바람이다.

이무웅 수필집
『지금이 금金이다』에 부쳐

박기옥 수필가

## 1. 프롤로그

사람들은 어떤 인연으로 수필에 발을 들여놓게 될까? 유행가에서는 세상 모든 인연을 '우연이 아닌 바람'으로 해석하는 것을 본 일이 있다. 이무웅 작가를 보면 고개가 끄덕여지기도 한다. 그는 수의사다. 경북대학교 수의학과를 졸업하고 대구광역시 농정 업무의 총괄 책임자로 역량을 펼치다가 농림부 부이사관으로 퇴임했다. 대학에서 수의학과를 선택한 경우를 두고는 아버지의 권유가 컸다고 밝히고 있다.

작가의 아버지는 경찰서장이었다. 강단 있고 자부심 강한 상남자였다. 작가는 아버지에 한참 못 미치는 자식이었다. 유약하고 물러터진 자식이었다. 의과대학 시험에 떨어지고 재수할 때 아버지는 이미 아들의 그릇을 눈치챈 것 같았다. 입학원서 시기가 다가오자 조용히 작가를 불렀다. 수의학과가 어떠냐고 물었다. 작가는 민망하게도 그것이 무엇을 공부하는 학과인지도 몰랐다.

"동물을 치료하는 의사다."

졸업 후 직장 선택을 두고는 갈등이 많았다. 지금이야 도처에 가축병원이 있어 호황을 누리지만 50여 년 전인 당시의 형편으로는 개 고양이 등 덩치가 작은 동물에는 세간의 관심이 없던 시절이었다. 먹고 살기 어려운 시절이라 주로 소, 젖소, 돼지 등 큰 동물에 매달리던 시기였다. 수의사가 개업을 하려면 도시의 근교 농업 지역을 제외하고는 큰 동물들이 많은 농촌 지역으로 파고 들어가야만 했다. 지금의 작은 동물(애완, 반려 동물 등) 위주인 수의獸醫 조건과는 매우 다른 개업 환경이었던 것이다. 그는 퇴직할 때까지 공직에 머물렀다. 수필을 만난 것은 퇴직 후였다.


## 2. 수필과의 조우遭遇

퇴직 후 그가 수필을 만난 것은 필연일지도 몰랐다. 공직생활 중에도 기획안, 경축사, 심지어는 개인 시말서까지 집필 의뢰를 받고 다녔던 터였다. 그의 내면세계에 잠재된 '문학'이라는 동지가 퇴직과 함께 기지개를 켠 셈이었다.

그는 우선 사물을 보는 눈이 좋았다. 지극히 평범한 일상 속에서도 소소한 가치를 끄집어 내었다. 이를테면 아버지에 대한 기억이다.

수필은 '사내아이에게 아버지는 어떤 존재일까?'로 풀어나간다. 1970년대는 밤 12시 이후가 되면 전기가 끊기는 시절이었다. 대학생 신분으로 친구들과 어울려 칠성 시장과 향촌동 술집을 싸돌아다니다 야통 위반에 걸리고 말았다. 집이 바로 가까이 있다고 사정했으나 묵살당하고 관할 파출소에 연행되었다. 일일이 조서를 받고 대기하다가 호송 버스에 태워져서 7명 모두 의자도 변변히 없는 경찰서에 내팽개쳐졌다. 아버지가 서장으로 있는 본서였다. 하필이면 아버지가 있는 경찰서였기에 창피하고 민망스러워 얼굴을 들 수 없었다. 행여 아버지와 부딪치기라도 할까 봐 전전긍긍했다. 친구들은 눈치도 없이 너희 아버지께 부탁하자고 졸라대어 작가는

"아버지 알면 맞아 죽는다."고 화를 벌컥 냈다.

경찰서 안은 한마디로 아비규환이었다. 지옥이 있다면 이런 모습이 아닐까 싶을 지경이었다. 새벽이 되니 경범죄 처리반 담당 판사가 서류 가방을 든 입회 서기와 함께 도착했다. 미리 작성된 조서를 읽고 분류 체크를 마친 후 모두들 보는 앞에서 죄상을 공개하고, 훈계를 한 후 바로 벌금형을 내렸다.

작가도 친구들과 호주머니를 모두 털어 벌금을 물고 야통 해제 사이렌과 동시에 풀려 나왔다. 터벅터벅 걸어서 집에 도착하

니 아침이었다. 아버지는 방금 출근했다고 했다. 작가는 가슴을 쓸어내렸다. 까딱 늦었으면 아버지게 들킬 뻔하지 않았는가? 이 부분에서 작가의 번뜩임이 나타난다. 작가는 실토한다.

그러나 그것은 착각이었다. 오후에 늦은 점심을 먹으면서 엄마한테 들으니, 아버지는 이미 다 알고 있었던 모양이었다. 엄마한테도 모른 척하라고 일렀다고 했다. 얼굴이 화끈 달아올랐다. 한편으로는 나에게 야통위반 외에도 아버지가 모르는 3건의 비슷한 범죄행위가 더 있음을 떠올리고는 묵묵히 밥을 먹었다.

- 「아버지와 나」 중에서

'아버지가 모르는 3건의 비슷한 범죄행위'가 미소를 짓게 한다. 작가의 익살은 어머니에게도 적용된다. 어머니의 처녀 시절 별명은 '반신반의半信半疑'였다고 한다. 남성로 제일 예배당에서 세례받으실 때. 목사님이 어머니에게

"주 예수님을 진심으로 믿습니까?"

하자 어머니는 '예! 진실로 믿습니다'가 아니라

"반신반의합니더."

했다고 한다. 당황한 목사님이

"그러시면 안 됩니다. 진심으로 믿습니다 카시이소."

했다는 데서 생긴 별명이라고 한다.

어머니는 언제나 '거짓말 하지 마라', '남 속이지 말고, 정직

하게 살아야 한다.', '허세 부리지 말고, 경우대로 살아라'고 가르쳤다. 물론 작가는 그렇게 살아오지 못했다고 고백한다. 경우에 따라 기분 내키는 대로 적당히 살았다. 반쯤 믿는 주 예수님도 진실로 믿는다고 착각하며 살아왔다고 실토한다. 작품 「내부 도둑」에서도 어머니와의 밀당이 흥미진진하다.

작가가 십 대 때 어머니는 가계에 도움이 되고자 백여 마리의 양계를 시작했다. 1960년대였으니 지금처럼 기업식 양계는 아니었고, 넓은 마당에 닭을 풀어놓아 기르는 평사식 양계였다. 계사한 구석에는 각목으로 암탉 침대인 홰를 설치하였고, 벽에는 알 상자를 붙여서 채란採卵을 했다. 계란값이 후했고, 계분鷄糞값이 특히 좋아 짭짤한 부수입이 되었다.

어머니가 시작한 이 양계업에는 온 식구가 매달리다시피 했다. 작가도 아버지와 같이 수성동 제재소에서 구입한 각목과 송판을 범어동까지 리어카로 싣고 와서 닭장용 홰와 산란통을 만들었다. 철물점과 건재상에서 낡은 두루마리 철사와 방수용 지붕 덮개를 구해와 계사 철망을 직접 그물 얽듯 손으로 일일이 짜기도 했다. 그 굵고 낡은 철사 줄을 종일 만지다 보면 손이 하루도 성할 날이 없었다. 온 식구의 힘든 노동의 대가로 양계업은 그런대로 자리를 잡아가고 있었다.

문제는 이 사업에 두 명의 내부 도둑이 있었다는 점이었다. 바로 작가와 남동생이었다. 사실 당시는 너나없이 먹고 살기도 힘든 때라 언감생심 부모에게 용돈을 기대하기가 어려웠다. 그러나 그때 아들들로서는 한참 감수성이 예민한 때였다. 공부도 해야겠지만, 나팔바지 다려 입고 여학생들과 삼송빵집도 가고 싶은 나이였다. 딱히 아르바이트 자리도 없었으니 궁리 끝에 기껏 생각해 낸 것이 집 안에 있는 계란 도둑질이었던 것이다.

어느 날, 남동생이 닭장에서 몰래 계란을 꺼내 남쪽 가죽나무 밑 돌더미 속에 네댓 개 숨겼다가, 외출할 때 코트 주머니에 넣어 골목 끝 영아네 구멍가게에 팔아 쓴 일이 발생했다. 그런데 그만 영아네 엄마의 제보로 범행 현장에서 어머니에게 발각이 되고 말았다. 동생은 혀가 물리도록 두들겨 맞고 집 안에서 쫓겨났다. 그 시대의 미국 애들 같으면 집 안에 가두는 것이 벌이었겠지만, 한국 정서로는 집 쫓겨나고 대문 걸어 잠그는 것이 최악의 벌이었다. 동생 대신 작가가 손을 싹싹 빌면서 용서를 구하고 동생 또한 눈물로 겨우 용서를 받았지만 몰라 그렇지, 진짜 못된 도둑놈은 작가였던 것이었다.

작가는 동생같이 계란 몇 개 숨겨 팔아먹는 쫌보가 아니었다. 어머니는 계란을 30개들이 알 상자에 담아 큰방 왼쪽 다락에 차곡차곡 쌓아 올려뒀다가, 매주 두 번씩 오는 계란 장수 박 씨에게 거래 정산을 했다. 간혹 출타할 때는 작가한테 그 일을 맡기곤 했으니, 그야말로 고양이한테 생선가게를 맡긴 셈이었다. 작가는 그 다락이 2층 구조인 사실을 이미 알았었고, 어머니는 키가 작아 그 위층을 볼 수 없다는 것도 파악하고 있었다. 작가는 대담하게도 위층에 한두 난자씩 계란을 따로 모아 박씨가 올 때 시세대로 돈을 받아 챙겼다. 용돈 조달에 큰 보탬이 되었음은 물론이다. 작가는 고백한다.

세월이 흘러 어머니도 연로하고, 장마로 인해 우리 집 담장이 무너지는 사고가 발생하여 양계업은 흐지부지되고 말았다. 나 또한 도둑의 비밀을 지닌 채로 대학을 가고, 취직을 하여 양계로부터 멀어져갔다.

퇴직 후 내가 어머니를 모시고 살게 되었다. 아내가 외출하고 어머니와 단 둘이 있을 때면, 문득 그 옛날의 계란 도둑질을 고백하고 싶을 때가 있었다. 동생이 영아네 가게에서 덜미를 잡혀 죽도록 얻어맞은 이야기를 할 때면 실토하고 싶어 입이 근질거리기도 했다. 그러나 나는 참기로 했다. 어머니가 동생의 이야기 끝에는 반드시 나에게 '너야말로 세상에 하나뿐인 성인군자 같은 자식'이라고 추켜세우기 때문이다.

- 「내부 도둑」 중에서

전공 관련 동물에 대한 언급도 흥미롭다. 작가는 인간과 동물을 명쾌하게 구분한다. 인간은 대뇌(사고력)가 발달한 반면, 네발 동물은 소뇌(운동신경)가 잘 발달되어 있다. 2008년 북경올림픽 단거리 육상선수로 유명한 우사인 볼트도 표범의 느릿한 걸음에 따라가지 못한다. 아무리 날렵한 무하마드 알리의 잽도 같은 체급 캥거루와 대결시킨다면 무참히 무너지고 만다. 그것이 동물과 인간의 차이점이다.

게다가 인간은 우수한 그 사고력으로 국립호텔(감방)을 수시로 드나들거나, 전자발찌를 떼고 강간, 살인을 하고, 사실을 은폐 조작하고, 남의 것을 훔치고 도용하는, 개만도 못한 짓으로 언론에 오르내린다. 동물은 단순하다. 본능적으로 먹고 싸고 새끼를 낳고, 지극한 모성애로 길러서 종족을 퍼트린다. 배신도 없다. 복수도 없다. 사랑과 본능으로 살아가는 단순한 삶을 사는 동물을 그는 찬양한다. 그러나 그에게도 함정은 있다. 개와의 라이벌 의식이다.

어머니와 아내는 애완견 개를 끔찍이도 사랑한다. 어머니는 눈곱이 끼고, 피똥을 싸던 복실이의 죽음을 두고

"우리 집 수의사는 집에 키우는 개 한 마리도 치료 못 하는 순 엉터리 수의사다. 내 도시락 싸 들고 동네방네 소문 낼란다."

하며 언짢아하고, 서울 간 아내는 수화기를 들자 대뜸 애완견 해리의 안부부터 묻는다.

"해리는 좀 어때요? 눈은 떴나요? 밥은 좀 먹었는지? 잊지 말고 시간 맞춰 해리 약 먹이고 기다리고 있으소. 대구 내려가면 가축병원부터 가야 되겠구나. 애고! 불쌍한 것! 말도 못하는 것이 얼마나 괴로울꼬. 쯔쯧~."

신랑 안부는 온데간데 없고 개의 안위부터 챙기는 것이다. 작가는 못내 서운하다. 개는 개이고, 사람은 사람이 아니겠는가. 만물의 영장인 인간이 개하고 비교당할 수 있단 말인가. 어찌 보면

참으로 어리석고 허약한 것이 인간이긴 하지만 개라는 것은 인간이 어여삐 여겨 사랑하고 돌봐 줄 대상이지 인간과 동급일 수는 없는 것이 아닌가.

당시 나도 며칠 전부터 눈병이 나서 콰지모도처럼 눈이 부어 괴로움을 참고 있는 데는 아랑곳없고, 3년 전 아들놈이 족보도 없는 강아지 한 마리를 친구한테 얻어 와서 맡겨놓은, 그 꼴랑 보신탕 두 그릇 감도 안 되는 잡견 한 마리 눈병 난 거 가지고 호들갑을 떨고 있는 것이다. 자식 놈도 마찬가지다. 전화하면 개 안부부터 묻기 바쁘다. 내가 불퉁스럽게 대꾸를 할라치면 기분 나쁘게 개 안부 뒤에는 모자간에 추가하는 말까지 똑같다.

"대학 졸업하고 동물병원이나 차렸으면 얼마나 좋아. 돈도 벌고 해리한테도 좋고 ~."

당시는 사회적 추세가 지금과 달랐다고 백 번도 넘게 설명했건만 틈만 나면 동물병원 타령을 늘어놓는 것이다. 기가 찰 노릇이다. 그것도 붓고 짓물러 제대로 눈도 못 뜨는 자기 서방한테는 한마디 걱정도 없이 개새끼 눈병을 두고 투약 지시에 호들갑이라니!

내 꼴은 어떤가. 퉁퉁 부은 눈을 겨우 치켜 뜨고 엉금엉금 해리 저녁밥을 챙기고 있는 중이다. 약 먹기 전에 식사부터 해야 위장에 무리가 가지 않기에. 아이고, 갑자기 내 눈이 왜 이리 쓰릴까? 애고! 내 눈이야!

- 「개의 시간」 중에서

한편으로 작가는 '녹명鹿鳴'이란 말을 주목한다. 중국 고서 『시경』에는 '녹명'이 등장한다. 먹이를 발견한 사슴이 다른 배고픈 동료 사슴들을 불러 나눠 먹기 위해 우는 울음소리를 말한다. 수많은 동물 중에 사슴만이 낸다는 세상에서 가장 아름다운 울음소리이다. 여느 동물들은 저 혼자 먹고 숨기기 급급한데 사슴은 오히려 울음을 높여 함께 나눈다는 것이다. 인간 세상에서는 사슴 무리가 평화롭게 울며 풀을 뜯는 풍경을 어진 임금이 신하들과 함께 어울리는 것에 비유했다고도 한다.

녹명에는 홀로 사는 게 아니라 더불어 같이 살고자 하는 마음이 담겨 있다. 우리의 각박한 삶에도 서로 돕고 용서해 주며 어질게 살아가는 미담이 더러 있긴 하나, 서로가 경계하고 모르쇠로 일관하고 어려움을 무책임하게 떠넘기고 회피하려고만 하는 삶이 두렵지도 않은지 못내 아쉽다.

어느 부잣집에 외아들을 둔 부부가 대졸 며느리를 맞아 남부럽잖게 자랑하며 살고 있었다. 그런데 시집온 며느리의 언동이 점차 마음에 들지 않아서 시어머니가 참다가 한마디하고 말았다. 그러자 며느리가 말했다.

"어머님은 소학교밖에 안 나오셔서 요즘 세상을 잘 몰라요. 그런 말도 안 되는 잔소리 이제 그만두세요."

이를 본 시아버지가 어느 날 조용히 며느리를 불렀다.

"요즘 시집살이 고생이 많지? 그간 고생도 많이 했으니 친정에 가서 오라고 할 때까지 푹 쉬고 있거라."

친정 간 며느리가 한 달이 지나도록 시댁에서 연락이 없자,

"아버님. 이제 돌아갈까요?"

하니 시아버지 말씀이,

"아니다, 얘야. 너희 시어머니가 이제 대학을 입학했으니, 무사히 졸업하면 그때 오도록 하거라." 했다.

세상이 갈수록 삭막하다. 오늘따라 수많은 동물 중에 사슴만이 낸다는 세상에서 가장 아름다운 울음소리라는 녹명이 그립다고 작가는 일갈한다.


이제 작가는 본격적으로 세월을 주목하기 시작했다. 팔순에 이르는 동안 몸과 마음에도 변화가 일어났다. 두드러진 것은 청력이다. 그의 청력은 많이 감퇴했다.

아내가 토사곽란으로 배탈이 나서 밤새 변소를 들락거리다 활명수를 두 병이나 먹고 새벽녘에 겨우 잠이 들었다. 이튿날 아침 식사도 거르고 잠이 든 아내를 측은하게 내려다보다 출타할 일이 생겨 밖으로 나갔다. 볼일을 마치고 점심때가 되어 아내가 걱정스러워 전화를 했다.

"속은 좀 어떻소? 죽이라도 먹었소? 뭐 필요한 건 없소?"

아내는 힘없는 목소리로 올 때 금복주 한 병 사 오라고 하였다. 순간 귀 어두워 잘못 들었나 생각하고 다시 물으니 역시 금복주 타령이었다. 가만히 생각하니 뭐 요리할 때 소주나 정종을 쓰던 생각이 나서

"김치냉장고 안에 참소주 두 병 있잖소."

했으나 아내는 또 금복주 타령이었다. 아차! 난청이라 잘못 들었구나 싶어 폰에 문자 넣으라 했더니

"올 때 약전골목에 있는 전복 식당에 가서 전복죽 한 그릇 포장해 갖다 주소!"

라고 문자가 오는 것이 아닌가. '전복죽'을 '금복주'로 잘못 들은 것이었다. 나 원 참! 이렇게 온당치 못한 삶을 살고 있는 걸 아내도 잘 모르니 누구한테 하소연할 것인가?

아침에 일어나면 '어젯밤으로부터 부활했다'는 서글픈 농담으로 쓸쓸히 웃고 있다. 불지 않으면 바람이 아니고, 늙지 않으면 사람이 아니고, 가지 않으면 세월이 아니라는 말에 작가는 공감한다. 늙었다고 웃음이 멎는 것이 아니라, 웃음을 멈추었을 때 늙는다는 말에도 백번 동의한다.

팔순이 되니 주위에 가까이 있던 친구가 하나둘 사라져간다. 들리는 소식은 온통 슬픈 소식뿐이다. 더러는 재생불능인 엉치뼈를 다치고, 가슴과 허리 통증으로 숨도 제대로 못 쉰다고 한다. 얼마 전까지만 해도 동네 우체국에서 우편물을 분류하고 택배 업무도 했었는데 사고 후 경과가 좋지 않아 요양병원에 입원했다고 한다. 옛말에는 무소식이 희소식이라지만 요즘은 아니다. 마실 나간 마누라에게도 '살아 있나?'라는 말로 안부를 물어야할 판이다. 작가는 말한다.

늙어 노년에 쓰겠다고 못 먹고 아껴서 자식 물려줄 생각 말고, 남은 인생이나마 즐기면서 살아가길 바란다. 못 먹고 못 입고 힘들게 아껴 놓은 재산, 자식들에게 물려주려다 분배 오류로 가족 간에 싸움 나고 원수지게 하지 말기 바란다.

부부끼리 정답게 쓰고, 나중에 입으려고 장롱 안에 포개어 간직한 좋은 옷은 당장 꺼내어 입고 새 신발도 꺼내 신기 바란다. 다리에 힘이 남아 있을 때 산천 경개 두루 구경하며 지금이 마지막이라는 생각으로 미리 유서 준비해 놓고, 해외 여행이라도 다녀 오길 권한다. 시간은 흐르고, 우리는 얼마 남지 않았다. 지난날과 훗날은 모두 은이다. 지금이 금金이다.

- 「지금이 금金이다」 중에서

## 3. 에필로그

이무웅 작가에게 수필은 무엇일까? 어쩌면 오랜 바람 끝에 만난 동지가 아닐까 생각해 본다. 수필을 통해 자신을 드러내고, 쓰다듬고 치유하다가 마침내 독자에게 손을 내미는 것이 아닐까. 독자들 또한 읽는 내내 공감하고 한숨 쉬고 가슴을 쓸어내리다가 마침내 작가의 손을 잡게 되지 않을까 생각해 본다. 건강과 건필을 빈다.